Guido Nobili

Memorie lontane

I

Quando vi capita di passare di mezzo a Piazza della Indipendenza, voltate lo sguardo verso tramontana, vedrete quel palazzo, che rimane in linea proprio dietro le spalle di Bettino Ricasoli; quella era casa mia. Son nato lì al primo piano, in quella stanza ultima a destra di chi guarda. Forse un giorno nel davanzale della finestra, sotto quella persiana grigia, sarà messa un'iscrizione a mio onore; l'ho già preparata, per mettere in ogni caso i posteri sulla buona via. L'epigrafe dice così: "Qui nacque un illustre ignoto, che seppe apprezzare per quello che valeva l'uman genere".

Il 7 decembre 1850 comparvi al mondo, e da quel giorno molt'acqua è passata sotto i ponti dell'Arno, e tante cose da allora sono cambiate. I miei parenti della vecchia generazione, che con me convivevano in quella casa, sono tutti morti; la piazza, di bella, ampia che era, l'hanno borghesemente ristretta coll'averla ombreggiata di tigli. Su quella piazza poi, hanno messe due statue, una al Ricasoli, l'altra al Peruzzi, colle quali si vuol dimostrare ai posteri, che anche i grandi uomini non possono sottrarsi al ridicolo, neppure dopo morti.

Quel Bettino poi, pover'uomo, in giubba e cravatta bianca, arrampicato sopra quell'alto piuolo, in atto di porgere un cappello a scatto, è tutta la sintesi degli scherzi crudeli, che si possono fare al ricordo d'un galantuomo. Quando si sarà persa la memoria del *gibus,* chissà quanto almanaccheranno gli storici, gli archeologi dei tempi remoti dell'avvenire, per sapere che cosa possa essere quell'affare tondo, che il soggetto della statua tiene in mano.

Un cappello no, diranno, perché piatto a quel modo non gli può entrare in testa; chi potrà supporre le molle e lo scatto?...

Deve essere, sosterrà qualcuno, il simbolo della Corona di Toscana che Bettino Ricasoli Barone della Trappola offre alla Contessa Matilde. La storia antica si è sempre insegnata così. Ma mancano le gemme, mancano le palle, osserverà il contraddittore; quello non è Bettino Ricasoli; di certo deve essere un prete gallo, che in quel vassoio fa la sua offerta delle rigaglie a Giove. Ma qui si comincia subito a divagare, rileverà qualche lettore.

Sarà il mio un sistema sbagliato, ma quando racconto voglio esser libero di raccontare come mi pare e piace. Se a chi legge, il mio modo di narrare non soddisfa, non gli sembra bene inquadrato nella tecnica del perfetto novelliere, smetta di leggere, che io non me ne adonterò; ma voglio divagare, essere prolisso, essere uggioso anche; ma voglio far come mi pare.

Se su questo siamo d'accordo, tiriamo avanti. Intanto io vi presento tutti i miei buoni vecchi, che la Inesorabile prima o dopo mi portò via. Parrà che faccia l'elenco di una compagnia drammatica; questo modo di esporre non sarà molto elegante, ma in fatto è il più breve.

Mio nonno, Lino, di ottant'anni, diritto e fresco nonostante l'età, tranquillo, buono di carattere, e che manda la casa con le forme corrette di vecchio gentiluomo. Una sorella di sua moglie, di anni ottantaquattro, di nome Luigia, che tutte le mattine all'alba va alla chiesa di San Marco e vi si trattiene fino alle undici. Ferdinando mio padre, buono sì, ma in apparenza severo, che ha l'idea acquisita di esperimentare su di me le più rigorose regole del razionale allevamento fisico e morale della prole. Elena mia madre, bellissima donna, sana, robusta, piena d'intelligenza e di cuore, di me più anziana soli sedici anni.

Poi, zio Guglielmo e sua moglie Maddalena; zio Cesare e zio Niccolò, il più giovane, fra loro fratelli; mio fratello Aldo minore di me cinque anni; mio cugino Carlo, che ha un anno meno di lui, ed un suo fratello lattante.

Servitori, serve, balie, cuoco, cocchiere, che fanno un paese a parte giù nel sottosuolo del palazzo, e nel caseggiato in fondo al giardino, dove sono le rimesse, con ingresso dalla via delle Officine.

L'epoca in cui si svolge l'azione, come sogliono dire i programmi teatrali, è ai primi del 1859.

La casa mia, nonostante la baraonda del servitorame, andava, almeno ai miei occhi, come un orologio. La mattina si faceva colazione tutti insieme; la carrozza poi accompagnava me, mio fratello e un cugino a scuola; e la sera ci si ritrovava tutti al pranzo.

Quei pranzi per me sono indimenticabili. I miei zii eran giovani e di buon umore, e anche mio padre in mezzo a loro lasciava andare il trucco del cipiglio, che si era imposto per tenermi a dovere, e fra tutti facevano una conversazione così amena, da ritenere che tavolata più gioconda di quella non sia mai più esistita al mondo.

Quando vi erano invitati a pranzo, i ragazzi passavano in un salotto a parte, e così per me, per mio fratello Aldo e per mio cugino Carlo, trovandoci così soli, e come senza cavezza, un pranzo con inviti voleva dire, il giorno di poi, un purgante da prendere, e una conseguente vacanza di scuola.

Ma ai primi del 1859 qualche cosa serpeggiava per casa, che anche alla mia mente inesperta dava sospetto. Pareva che ci fosse un *quid,* che si volesse fare ignorare al nonno. Veniva molta gente con grande precauzione in casa, passando più che altro dalla via delle Officine. Se si era a pranzo, Leopoldo, il cameriere, andava a parlare in un orecchio allo zio Nicola, e lui, interrompendo il pasto, si alzava e correva in un salottino, che era all'estremo limite della casa. Se il nonno domandava chi fosse l'importuno, gli zii gli rispondevano dicendogli un nome qualunque, e poi a uno per volta, più presto che potevano, se la sgattaiolavano anche loro.

Ero curioso di sapere, ma non venivo a capo di nulla; perché mio padre, se cercavo in questi momenti di lasciare la stanza da pranzo, mi inchiodava con un'occhiataccia sulla seggiola, e non mi lasciava andare finché non fossero tornati gli zii. E allora, qualcuno di loro, in modo che potesse sfuggire al nonno, con parole brevi e quasi senza muovere la bocca, ragguagliava mio padre di qualche cosa che io non capivo.

Una sera, sfuggendo alla sorveglianza, vidi due di questi misteriosi visitatori che se ne andavano. Uno passò dalla parte di scuderia; era un uomo grasso, che pareva un fattore di campagna, con un cappellone a cencio; l'altro, che passò dalla porta principale, aveva la carrozza che l'aspettava, ed era vestito di nero, cappello a cilindro, aria signorile, ma un muso secco e dispettoso con due baffetti lunghi e sottili insegati ed il pizzo.

Ma che volevano quella gente a me sospetta? Che razzolavano per casa nostra queste figure strane?

Eppure, pensavo, i miei son persone per bene! Ma questi trafugamenti, questi sotterfugi, questi convegni, non mi ispiravano fiducia, tanto che, dopo un rigirio di parole inutili e confuse, domandai a mia madre a quattr'occhi, chi fossero quelle tante e diverse persone, che avevo notate in questo circospetto andirivieni.

- Studiano, - mi rispose, quasi sospirando, mia madre, - la macchina per volare. Vogliono vedere se si rompono il collo per loro, e lo fanno rompere anche a noi.

Ero un ragazzo in buona fede, e la risposta mi convinse. Mi pareva un bel ritrovato quello che stavano cercando, ed ero certo che sarebbero riusciti, tanta era la fiducia nel sapere e nell'intelligenza dei miei; per altro, l'idea di andar tanto per aria non mi persuadeva; ne avevo anche di più paura, specialmente dopo un esperimento, che a forza di ragionamenti mi venne fatto sopra a questo argomento. Se si deve volare, avevo detto fra me, sotto si deve avere l'abisso; ora, a guardare in una pozza dove si riflette il cielo, è come essere speloncati nell'abisso; traversando a salto la pozza, l'effetto deve essere compagno, se non peggio che essere su nella macchina per volare, perché laggiù nella pozza si vede l'infinito. Mi provai a saltare una pozza quando mi capitò, ma mentre prima non ci avrei pensato a sorpassarla, coll'impressione studiata dell'abisso, non fui da tanto di saltarla e questo mi rincresceva perché se mi fossi rifiutato di volare avrei avuto rimproveri ed anche beffe dagli zii, che erano gente di coraggio; tanto coraggio, che lo zio Niccolò era stato alla guerra nel 1848, e lo zio Cesare ci sarebbe stato anche lui, se ad Aulla non si fosse rotto una gamba partendo coi volontari Toscani.

In quel piccolo mondo della servitù di casa si agitavano passioni ardenti di amori, di odi, e di gelosie, che riflettevano le loro conseguenze fin su nelle stanze padronali. Il cocchiere era geloso del cuoco, a causa di una delle cameriere, e, per metterlo in mala vista coi padroni, un giorno, di nascosto, trinciò nella trippa a cacio e burro una pelle camoscia. Si aveva voglia di masticare, non si poteva di certo arrivare a ingoiare il boccone!

Poco dopo ci furono servite bracioline fritte col burro ed impanate con polvere di vetro; finalmente un giorno nella minestra di farro capitò di trovare a me nella scodella un che d'indefinibile, che mostrai a tutti con aria trionfale. Era un dente molare, che il nonno si era fatto levare il giorno avanti!

Di fronte a tanta enormità, il nonno dette ordine che il cocchiere Basilio fosse licenziato. Ma gli zii tergiversarono, se proprio non si opposero. Basilio era di Trento; era un fuoruscito raccomandato da persona altolocata; pareva quasi che costui avesse in mano segreti tali, da non potersene liberare così su due piedi; e invece di mandarlo via, a modo di transazione col nonno, si incaricò lo zio Guglielmo di fare a questo cocchiere una parte a dovere; e perciò quella sera scese in tinello dove tutta la servitù era a desinare.

Nonostante che gli usci fossero chiusi, tenendo l'orecchio alla scaletta di servizio, sentii giù la voce sonora dello zio, che faceva una racanata contro tutti, e quando tornò su, disse al nonno che stesse tranquillo, e rimaneva garante che fatti consimili non si sarebbero mai più rinnovati.

- Già, - disse il nonno poco persuaso, - sorprese dei miei denti non ne avremo più; quello era l'ultimo. A custodire la dentiera ci penserò da me.

Ma perché non licenziare Basilio? Forse è partecipe del segreto della macchina per volare, dissi fra me; infatti è lui, che fa passare tutta quella gente sospetta.

In un'intervista con zia Luigia, esperta specialista in cose di religione, facendo con prudente abilità cadere il discorso in argomento, potei rilevare che la macchina per volare era in contrasto colla Religione, non che colle regole di buon Governo. Alla Religione era contro, perché l'uomo da Dio è stato costruito in modo da dover camminare e non volare, ed era peccato di competenza del Santo Uffizio, e degno del rogo, l'andare così a disprezzo della volontà di Dio, tentando di volare. Quanto allo Stato, poi, esso lo considerava come un delitto, perché, volando, tutti i delinquenti con un frullo in aria si sarebbero potuti sottrarre alla pena meritata, e anche i contrabbandieri avrebbero potuto mandar fallite le dogane. Per persuadermi, mi pare ce ne fosse d'avanzo, e mi convinsi esser cosa prudente non fare trapelare con nessuno questo mistero, che poteva compromettere tante persone a me care. Nel mentre attendevo con fiducia che venisse fuori questa ingegnosa macchina per volare, una sera dopo pranzo, lo zio Cesare aiutato dal cameriere portò su dal giardino un lungo palo di castagno nella sala a primo piano, passando dalla scala grande per non incontrarsi col nonno. Bisognò che facessero con precauzione per non urtare vasi e lumiere, tanto questo palo era lungo: tirarono in disparte i mobili e sdraiarono nel mezzo della sala del terrazzo questo palo.

Stasera volano! dissi fra me. Si comincia a veder qualche cosa. Devono esser saliti al primo piano per prender meglio lo slancio; e volano di notte per non esser visti dalle guardie: io non voglio volare, ma vedrei volentieri. Ma mi ci faranno stare?

- Cosa fa qui Micio? - disse lo zio un po' severo rivolgendosi a me.

Bisogna sapere che gli zii mi chiamavano vezzeggiativamente "Micio bianco", a causa dei miei occhi cerulei, e questo nomignolo di famiglia mi è durato un pezzo.

- Cosa fa? Vada via, vada giù, altrimenti ordine e straordine di andare subito a letto.

Scesi sconfortato per la scaletta di servizio, e tornai a pianterreno in sala da pranzo. A uno per uno tutti andarono via, compresa mia madre, ed io rimasi col nonno e sua cognata, la zia Luigia. Un poco giuocarono fra loro a dominò, un poco i due vecchi fecero conversazione; poi si ritirarono ciascuno nelle loro camere, ed io mi addormentai colle braccia tese e col capo sulla tavola.

La nostra cameriera, la buona Teresa, della quale serbo affettuosa memoria, mi scosse, mi fece alzare, e mezzo ringrullito dal sonno m'incamminai per andare a letto difilato. Ma essa, richiamandomi ai doveri e al protocollo familiare, mi scosse dicendomi:

- Oh! che fa! va a letto come un ciuco, senza dare la buona notte a nessuno?

Nessuna occasione migliore si presentava per avere un giustificato motivo di entrare in sala dove erano tutti i miei, e cosi dare una sbirciata alla macchina. Salii al primo piano; tentai la gruccia della porta di sala per aprirla; ma vi era la stanghetta, e subito un coro di *"chi è?"* al mio leggero rumore, rispose di dentro. Venne mia madre ad aprirmi ed uscì fuori, richiudendo l'uscio dietro di sé con precauzione; ma io saettando con l'occhio dallo spiraglio che essa aveva fatto all'uscio per venir fuori, vidi cosa che mi fece gelare il sangue nelle vene dallo sgomento, dandomi paura e raccapriccio.

Perché si possa meglio apprezzare l'impressione da me provata in quel momento, occorre che faccia conoscere quello che io mi fossi all'età di otto anni, quanti ne avevo allora.

Fisicamente ero un po' magrolino, ma ben fatto, e svelto come uno scoiattolo; e se devo dire il vero, quella soggezione che mi dava mio padre mi era necessaria per farmi stare a freno, perché diversamente le mie sbarazzinate non avrebbero avuto limiti. Era tanta la deferenza che avevo per mio padre, che quando ne avevo fatta una delle mie, mi mandava ed io andavo dallo zio Guglielmo, che soleva montare a cavallo, a prendere il frustino, e lo portavo a mio padre; questi mi frustava, dopo mi rendeva il frustino perché lo riportassi allo zio, coll'obbligo di ringraziarlo. Prendendo le frustate sulle polpe nude saltavo, mi rotolavo per terra, ma era difficile che mi sfuggisse un gemito, perché mio padre mi aveva avvertito come le grida sarebbero state una vigliaccheria, una cosa volgare.

Non usa più ora correggere la gioventù colle busse, ma non so se questa soppressione avvantaggi il carattere della gente. Il gastigo severo dà importanza alla legge; la legge di famiglia vuole l'ordine; allora il disordine conduceva alla frusta; soppressa la frusta, rimane la legge inconseguente, e così fino da ragazzi s'impara che le leggi vi sono nel mondo, ma che si possono il più delle volte impunemente violare. Ho voluto molto bene a mio padre, e anche quelle frustate importune non hanno mai neppur velata la cara memoria, che ho di lui.

Dei tanti casi alle mie infrazioni dell'ordine familiare, ne ricorderò uno solo. Vi era in casa, nella stanza accanto dove mia madre era in quei giorni in letto ammalata di tifo, una cassapanca antica, che aveva il coperchio diviso in due parti. Nella circostanza che uno dei coperchi era caduto accidentalmente, avevo avuto l'impressione di quel rumore come di una fucilata, e quel tonfo mi aveva ricordato i bei boschi della nostra villa all'Impruneta, il cielo sereno, il canto delle lodole, e trascinato da questo sogno, proprio in una giornata piovosa e piena d'uggia, dimenticando che mia madre era dolente del capo, per rievocarmi i ricordi della villa, alzai i due sportelli della cassapanca, e ad uno per volta, colla distanza giusta, li richiusi sbattendoli con forza, pensando d'imitare la coppiola d'un fucile a due canne.

Venne fuori mio padre! Si passò sopra in quella circostanza anche al cerimoniale di andare a prendere la frusta dallo zio, e mi pagò subito. Non aveva ragione?

Vi era la zia Luigia, la buona vecchierella, colla quale passavo qualche ora di sera; e allora non si ragionava d'altro che di bambini buoni, che diventavano santi; di miracoli; di sant'Antonino che aveva vista passare sotto la sua finestra una cavalcata di diavoli che andavano per l'anima di un peccatore, e di san Francesco. Ma io ero un ragionatore, anzi, un argomentatore terribile e stringente, e la povera donna ogni tanto si trovava in grandi imbarazzi per risolvere ragionevolmente i quesiti, che le andavo sottoponendo in questa delicatissima materia della Religione. In conclusione ero credente; volevo molto bene a Gesù, perché mi ero fatto un concetto che coi ragazzi se la dicesse; ma le mie simpatie particolari erano per la Madonna. Per me la Madonna era quello che di più delicato e gentile si potesse immaginare, mentre con Dio le cose non andavano tanto piane; ne avevo soggezione, ed anche molta paura. Mi pareva un Essere da non raccapezzare mai come la potesse pensare; sempre pieno di sdegni e di gastighi; ora, infuriato, mandava tuoni, saette e grandine; ora con pestilenze, malattie e accidenti ammazzava un mondo di persone, e, quello che più mi toccava da vicino era, che non risparmiava neppure i fanciulli. *Dio è in ogni luogo:* anche questo mi dava noia, non me lo metteva in simpatia. Un'occhiata ogni tanto a quello che facevo, come praticava mio padre, poteva passare, ma sempre averlo d'intorno rimpiattato a spiare, diventava una seccatura insopportabile; e poi, dicevo fra me, se sta proprio in ogni luogo, qualche volta bisognerà che si scansi se no sarà peggio per lui quando battono i panni. Le definizioni della Dottrina Cristiana mi deviavano ancor più dal ragionevole concetto di Dio. *"Dio ha corpo, mani, piedi? No"* risponde il libretto del catechismo. Ed allora, Dio mi si presentava all'immaginazione fatto come un gomitolo. Ma la risposta del catechismo continuava: *"Esso è un purissimo spirito"*. Ed allora, nella mia immaginazione, Dio diventava un liquido incolore, in una bottiglia trasparente, sopra un palchetto. Non c'era male! La dottrina cristiana la intendevo a verso!

Ma infine, quando avevo dei dispiaceri, dei desideri da soddisfare, mi rivolgevo alla Madonna, perché guardasse di accomodare le cose per me con suo Figlio, e quell'Altro, il purissimo Spirito, lo lasciavo da parte, anche per la tema che, se gli davo nell'occhio, non gli venisse in mente di farmene qualcuna delle sue imponenti.

Una volta, nel baloccarmi in giardino, mi cadde fra l'erba del prato un piccolo Crocifisso d'oro, che mia madre mi aveva messo al collo. Cercai e ricercai con assidua cura, ma non fui da tanto di ritrovarlo. Corsi dalla zia Luigia a raccontarle la mia angoscia, ed essa, con una sicurezza invidiabile, mi disse: - Se tu dici un Rosario di dodici poste a sant'Antonio da Padova, il tuo Crocifisso lo ritrovi subito.

Non intesi a sordo: mi feci dare la corona, mi misi in ginocchio in terra, dissi quelle orazioni prescrittemi con un fervore da non potersi superare; e, finito il cómpito, andai di corsa dove avevo perso questo Crocifisso per ritrovarlo, con la stessa sicurezza che una persona conosciuta alla Posta va a riscuotere un vaglia. Non ritrovai niente! Rimasi male, molto male; non me lo sarei mai supposto, data la mia sincera devozione, di rimaner così frustrato nella certezza del rinvenimento. Me ne andai zitto e mogio, pensando che ci fosse venuto attraverso quell'Altro che è *in ogni luogo;* con Lui cominciavo ad avercela grossa, e vivevo in trepidazione che prima o poi si avvedesse di questa mia ruggine.

Quando la zia Luigia mi portò la prima volta a confessare, mi capitò un prete che aveva l'intercalare del *dunque.* Cominciai quasi involontariamente a contare questi *dunque;* ero salito ad un numero imponente, ed assorto nella numerazione mi dimenticavo della confessione, ma il confessore bonariamente mi richiamò alla realtà delle cose. Lì per lì, mi ero scordato di tutta la specializzata collezione di peccati, che tra me e la zia Luigia si era fatta nel preventivo esame di coscienza, e preso così ormai alla sprovvista, per salvare la posizione, mi balenò un peccato fuori programma, che buttai là a casaccio attraverso la graticola, come per riscattarmi della negligenza in cui ero incorso.

- Ho desiderata la donna d'altri, - dissi così a mezza voce, e con gran compunzione.

- Bambino mio, - rispose amorevolmente il confessore, - che ne volevi fare della donna d'altri?

- Senta! Un mio compagno di scuola ha una mamma che gli compra per la via i necci di farina dolce ogni volta che lui vuole e la mia non me li ha mai voluti fare assaggiare. Ho desiderato quella mamma lì.

Per quanto nel suo insieme la mia Religione fosse molto eterodossa, pure una Religione l'avevo, e questa si annodava con i miei sentimenti civili molto armoniosamente.

- Il Sovrano è il padre del popolo, - mi diceva il nonno nelle nostre conversazioni serali, - egli è per sorte da Dio chiamato a regolare i destini della nazione. Nessuno più di lui ha grandi responsabilità di fronte all'Altissimo, come di fronte alla sua coscienza. Un Sovrano è in una condizione, che può fare molto bene, come molto male. Leopoldo II nostro sovrano è un buon uomo, un esemplare di virtù come padre di famiglia, ed il nostro paese è felice e ricco per ragione della sua paterna amministrazione come capo dello Stato.

E questo pare fosse vero.

- Vi è della gente nel mondo, - mi diceva sempre mio nonno, - che non può viver tranquilla; oggi vuole una cosa, domani ne vuole due, poi tre; infine, siccome questa gente è pigiata dietro da chi ha necessità di pescare nel torbido, essa vuole ancora, senza capir bene cosa pretendere, e allora si va alle rivoluzioni, dove la schiuma sociale irrompe, vince la mano, sparge sangue, e dopo ci vogliono anni ed anni per riprendere il cammino normale della società umana, che ha le sue leggi di natura. La Patria è tutto; tutto si deve fare per lei; ma son tempi brutti, Micio caro, - sospirava il nonno, - le rivoluzioni. Quando decapitarono Luigi XVI, ero un giovanetto; ma, me lo ricordo come se fosse ora, a Firenze si rimase tutti senza fiato quando ne giunse la nuova.

Converrete che è un bel fatto, quasi da vantarsene, l'aver sentito dalla viva voce del nonno narrare l'impressione della decapitazione di Luigi XVI. Eppure è così! Pur troppo è così!

- Anche ora, - seguitava il nonno, - avrebbero dei sogni da realizzare, vorrebbero fare un'unità d'Italia; ma che vantaggio se ne avrebbe? Sarebbe una conquista geografica, e niente altro, perché bisogna non conoscere né la Sicilia, né il Napoletano, per accarezzare coteste fantasie. Fino a Chiusi e alla Nunziatella, col resto dell'Italia settentrionale, le cose potrebbero andare in buona armonia, ma da lì in giù, con quella gente non siamo davvero nemmeno cugini, invece che fratelli. Non siamo nemmeno della stessa razza - noi *razza giapetica* e loro *semitica* -; lo portano scritto in faccia il loro albero genealogico. E poi, sarebbe una bella cosa mettersi a rischio di rivedere qua i Tedeschi, che, si può dire, sono andati via ieri; oppure, trovarsi i Russi attendati alle Cascine?

- Perché i Russi?

- Perché ce li ho visti io, nell'epoca napoleonica, i cosacchi attendati alle Cascine. Mangiavano la carne macerata sotto la sella del cavallo.

Ed io allora mi facevo odiatore dello straniero e conservatore rispettoso del buon Sovrano, che Dio ci aveva concesso, e al quale ero legato da vincoli di personale riconoscenza. E per spiegare il perché mi sembrasse di trovarmi personalmente in buoni termini colla famiglia regnante d'allora, occorre sapere come, nel 1858, nel giardino Franchetti, che comprendeva i locali occupati ora dal Politeama Nazionale, vi fu un'esposizione di giardinaggio e frutta, che doveva esser l'inizio della Società Toscana d'Orticoltura. Lo zio Niccolò era uno del comitato, Presidente del quale era il Prof. Parlatore; quel bruttissimo uomo, il quale tanto era nelle buone grazie della Corte, che per Firenze si arrivò a mormorare fino all'assurdo, cioè, che egli fosse anche troppo simpatico alla Granduchessa.

Alla inaugurazione di questa esposizione ebbe l'invito anche mia madre, ed io tanto mi strusciai a lei, che ottenni di esserci condotto. Avevo veduto qualche volta il Granduca alla passeggiata delle Cascine, e anche quando con gran solennità in quelle carrozze tremolanti, che tanto mi ricordavano la galantina della quale ero ghiotto, se ne andava per la Madonna di Settembre alla chiesa dell'Annunziata; ma a piedi non l'avevo mai visto, ed era per me d'una grande curiosità il vedere dei Sovrani a piedi, per sapere se camminavano a scatti come avevo veduto camminare i falsi Sovrani delle opere in musica. Alla Granduchessa poi volevo bene particolare più specialmente perché ogni tanto partoriva. Quel giorno sparavano cannonate dalla Fortezza da Basso, e non si andava a scuola.

Il non andare a scuola era per me una felicità grande. A che scopo, dicevo a me stesso, perdere il tempo richiudendosi in una stanza fetida, ad occuparsi di cose che poco, anzi punto, m'interessavano? Poco m'importava di sapere se Dio, invece di una settimana, a fare la creazione universale ci avesse messo un mese o un anno. Mi pareva tempo sprecato l'andare a ricercare dei litigi fra Romolo e Remo, o se Giosuè avesse fermato il Sole. Erano cose passate; con questa gente non ci si sarebbe ma' più incontrati, giacché erano morti da tanto mai tempo; e vedevo una fatica inutile quella di occuparsi dei fatti loro. Il Sole era bello, il colore del cielo bello pur esso; i boschi, le fonti, quelle erano le cose che si prendevano l'anima mia; lo scavallare per i prati mi seduceva; ma quell'uggia di una stanza con altri fanciulli rinchiusi come tanti uccellini in uno spazio ristretto, a sentire in gran suggezione raccontate cose per me futili e noiose, era un martirio. Ed inoltre riflettevo: a imparar tutto ci vuole del tempo, e, quando si è imparato tutto? si muore! Povere giornate di bel sereno, pensavo, sprecate così male! Se pioveva o tirava vento, l'animo mio era più docile, e si piegava a quelle nenie della scuola; ma in certi giorni splendenti di luce avrei spezzati i ferri di quella gabbia, e volentieri preso un gran volo. Ma c'era mio padre col frustino, e quel pensiero calmava alquanto l'irruenza dei sentimenti della libertà: e allora avanti... tre via sette fa ventuno, sei via dieci sessanta; oppure: sette sono i *sette* peccati mortali, cioè: battesimo, cresima... via lesto in penitenza! E così di seguito per giorni, mesi ed anni. Gesù Cristo era nato, la Granduchessa aveva partorito; volevo bene a tutti e due, perché erano un'occasione di interrompere quel quotidiano tormento, con la vacanza di scuola.

Quando si montò in carrozza per andare all'inaugurazione di quella Esposizione ero felice; vedevo mia madre ben vestita, ornata di gioielli e di fiori, era uno splendore. Mio zio Niccolò, col cappello a cilindro e con la cravatta bianca, mi pareva uno sposo; mi sentivo commosso. Ci fu assegnato posto proprio in prima fila, dove il Professor Parlatore avrebbe letto un discorso. Sonarono le bande, e benché non avessi gran passione per le bande, perché le botte della gran cassa, i piatti e il tamburo mi facevano allora sussultare come se ricevessi un colpo nello stomaco, pure quel giorno tutto passava, perché ero in emozione. Un corri corri nella folla, un'agitazione fra quelli vestiti a calabrone nero, ci fece accorti che la Corte era arrivata. Ci alzammo tutti in piedi; vidi entrare nel cerchio dei calabroni quella faccia di bonomo di sua Altezza Leopoldo II, che a me parve vecchio decrepito, molto più che nel salutare a destra e a sinistra dondolava la testa in modo, che il suo collo mi ricordava quello dei fichi verdini passi. La Granduchessa mi parve bella, e ben vestita: anche se fosse stata brutta come un cane l'avrei trovata, per lo meno, simpatica; era quella che ci aveva dato tante vacanze, e sulle quali speravo ancora, nonostante che all'occhio mi si presentasse smilza.

Fu letto il discorso, il quale, lodato Dio, fu abbastanza breve. Di questo discorso non intesi altro: che alla Toscana era riserbato un grande avvenire nell'onore dei campi e degli orti, e che il cuore di tutti i sudditi palpitava all'unisono con quello dei Sovrani. Dopo che i Sovrani ebbero fatto un grande inchino, al quale con altro inchino tutti risposero, io compreso, essi, accompagnati dai componenti il comitato, gentiluomini e dame di corte, cominciarono il giro dell'esposizione.

- Guarda, - dissi a mia madre tirandole la gonnella, - guarda lo zio Niccolò discorre col Granduca -. La vanità mi prese di botto, in quel momento; non so cosa avrei pagato che i miei compagni di scuola, i ragazzi dei nostri contadini, quelli del pecoraio, avessero potuto vedere come io avessi uno zio, che discorreva nientemeno che con sua Altezza il Granduca.

In gruppo con altre nostre conoscenze, anche noi andammo in giro per l'esposizione.

Mi veniva la bocca salivante a vedere quei grandiosi grappoli di uva salamanna, le belle pesche, e quelle mostre di fichi di tutti i colori; e domandai a mia madre: - Non ci offron nulla di queste frutta, dopo che il Granduca ha visto tutto? - Micio mio, levati l'idea, perché non si tocca nulla: si guarda, e basta.

Ingoiai la saliva, e seguitammo il giro delle sale. All'uscire nuovamente all'aperto, vidi lo zio che parlava con la Granduchessa. Mi pareva che sua Altezza ci guardasse; ed infatti ci guardava, e voltandosi ci guardò anche lo zio; poi ricominciò a parlare con Lei, e come se discorressero di noi, facendole molti sorrisini. Ad un tratto lo zio s'inchinò alla Granduchessa e ci venne incontro, e facendo due occhi quasi feroci, rivoltosi a mia madre, le disse:

- Non facciamo gesti; vieni subito con me, Sua Altezza ti vuol conoscere.

Lo zio Niccolò prese mia madre a braccio, togliendola dal cerchietto delle conoscenze, ed io, dimenticato da lei, non sapendo che dovessi fare di me, se andare o restare, le corsi inconsciamente dietro come un cagnolino sperso.

- Ho domandato al signor De Nobili, - disse la Granduchessa sorridendo a mia madre, - chi fosse quella bellezza che avevo ammirata al mio ingresso all'esposizione, ed avendomi egli detto che è sua cognata, ho desiderato di conoscerla, per farle le mie congratulazioni come vessillifera della bellezza toscana.

Che facesse, che rispondesse mia madre a questo complimento non so, perché io ero rimpiattato dietro le sue spalle e non sentii una sua parola; non vidi che riverenze e dopo un po' di tempo che mi parve un secolo, ce ne siamo andati, poco essendo mancato che mia madre, nel tirarsi indietro per una più sentita riverenza, non mi montasse addosso.

Dunque col Granduca e la Granduchessa si era quasi amici; li avevo visti camminare, avevo sentito perfino la voce della Granduchessa, poco era mancato che non ci avessi discorso anch'io; perciò mi ci ero affezionato, tanto più che non avevo mai sentito dir male dei Sovrani, da nessuno. Qualche volta è vero che a tavola, in famiglia, avevano discorso facendo trapelare che il Granduca era un po' bue; ma di questo non gli facevo addebito; dicevano in casa che ero tanto somaro anch'io, di modo che fra noi bestie ci si poteva compatire; ma tutti ad un coro ripetevano che era un gran buon uomo.

E, allora, perché mia madre cuciva quella sera una bandiera tricolore per attaccarla al palo con tanta precauzione fatto portare in sala dallo zio Cesare? L'avevo ben vista questa bandiera attraverso la porta appena dischiusa. Sapevo bene di che cosa essa fosse l'emblema. Erano dunque i miei, che tanto stimavo, delle doppie facce colla Corte? Dove erano andati quei cuori, che battevano all'unisono? Ero con dei rivoluzionari? dei cospiratori? dei carbonari?... In quale famiglia mi aveva mai il buon Dio fatto nascere? pensavo con orrore.

Quando entrai a letto, per lo sconforto avuto, il sonno abituale non veniva. Pensavo a Luigi XVI che, come il nonno mi aveva raccontato, con la sua morte era riuscito a far rimanere i Fiorentini senza fiato.

Rivedevo quella faccia d'innocente del Granduca, e mi sembrava un'infamia il macchinare cose, che avessero potuto mettere in pericolo la sua testa; sentivo ancora negli orecchi l'armoniosa voce della Granduchessa, e soffrivo al pensiero che potesse correre un pericolo insieme ai suoi tanti bambini, ragazzi come me, che di certo volevano molto bene a suo padre e a sua madre. Ma perché, pensavo, mio padre e gli zii partecipano a questa cattiveria? Non hanno più cuore? Non pensano più al pericolo che corrono loro, e fanno correre ai Sovrani? Altro che volare! Qui si vola, ma in carcere, se sono scoperti. E allora mi tornava in mente il discorso del nonno sulla unità d'Italia, e sulla Patria.

"La Patria?" Che cosa vuol dire la Patria? mi domandavo. La Patria per me è, con Firenze nel mezzo, Monte Morello come confine da una parte, i poderi e i boschi dell'Impruneta da quell'altra, e Vallombrosa dalla parte che si leva il Sole; la Patria, come la vedo io, finisce qui; al di là, ci sia quello che ci vuole essere, poco me ne importa; se ci fosse una buca tanto profonda quanto è alto il cielo meglio così, in questo caso nessuno ci verrebbe a disturbare; nemmeno i tedeschi! Saremmo noi cittadini tutti quasi di conoscenza l'un coll'altro; ci si vorrebbe un gran bene; ci si aiuterebbe reciprocamente come in una grande famiglia; senza andare a commuoversi per gente, che non si è mai vista, né conosciuta, e che bisogna credere che ci sia perché così ci viene assicurato, ma con la quale nulla abbiamo di comune.

Andare alla guerra, rimuginavo sempre io, in lotta col sonno che si faceva gigante, battersi per questa mia Patria, cospirare per lei contro un re cattivo per cacciarlo, perdere la vita per la Patria, la trovo cosa d'onore e di merito; ma se mi fanno una Patria tanto grande, non intendo perché dovrei compromettermi per chi non conosco, per chi non vedrò mai, per chi non amo.

E non si fermeranno qui, se riescono; perché, oltre i confini di questa Patria più grande, troveranno altra gente, e bisognerà bene allargare ancora questa Patria fino a rinchiudervi anche i selvaggi, e allora?... Allora io vorrò sempre più bene a Firenze, a Monte Morello, all'Impruneta e a Vallombrosa, che a tutto il resto.

In queste considerazioni sempre più confuse, mi addormentai di quel sonno placido e tranquillo, che si gode a quell'età, che neppure lo spettro della bandiera tricolore poté riuscire a turbare.

La mattina venne la Teresa a svegliarmi, aprì la finestra e, con quel fare compassato da governante inglese, mi disse:

- Chi dorme non piglia pesci. Intanto oggi non si va a scuola.

- Ha forse partorito la Granduchessa?

- Altro che nascite! Oggi vi è qui, proprio sotto le finestre, qui in piazza, la rivoluzione.

"La rivoluzione?" - Non mi rimase fiato, come se mi fossi trovato alla nuova della decapitazione di Luigi XVI; la bandiera tricolore mi tornò subito in memoria. Rimasi trasecolato.

- Via, si vesta subito, se vuol vedere! Non sente le grida della folla?

In un baleno fui pronto, e corsi subito in sala, dove trovai tutta la famiglia, meno i due vecchi. Mia madre e la zia Maddalena erano molto serie. In un canto era la bandiera tricolore.

- Buon giorno, Micio, - mi disse piano mia madre, carezzandomi e facendomi sedere accanto a lei; ma io riscesi subito dal divano e andai a dare un'occhiata alla piazza. Era un mare di popolo, che ogni tanto urlava a squarciagola. Si sentiva prima un silenzio, quindi una voce rauca faceva un discorso lungo una cinquantina di parole; e poi battimani ed un urlìo, che arrivava in cielo.

- Dunque si mette o non si mette fuori questa bandiera? - diceva lo zio Niccolò un po' eccitato.

- Tu stesso hai detto, - rispondeva lo zio Guglielmo, - che l'ordine del barone Ricasoli era di attendere un capitano, che avrebbe mandato lui, per poter incoraggiare maggiormente il popolo, che lo vedesse al terrazzo, insieme alla bandiera.

- Ma qui si fa tardi, - saltò su a dire mio padre. - Pare quasi che si abbia paura. Se il capitano fosse stato arrestato, sarebbe inutile attenderlo.

- O capitano o non capitano, - replicò lo zio Niccolò risoluto, - la metto fuori io questa bandiera; sarà quel che sarà -. Infatti, presa la bandiera, la portò al terrazzo e la sventolò. Urli ed evviva giù dalla piazza accolsero il vessillo tricolore, che si spiegava al sole di una bella giornata di primavera. Era il vessillo della Unità d'Italia, che il 27 di aprile 1859 in tutta Firenze, e dalla casa mia, per il primo compariva alle acclamazioni del popolo. Poco dopo altre due bandiere sulla piazza sventolavano ai balconi. La storia non ha registrato questo fatto; anzi mi pare che ad altra famiglia sia stato attribuito questo merito del primo vessillo; ma chi desse differenti notizie di quello che io asserisco perché da me veduto coi miei propri occhi, o non c'era, o niente dice di proposito, chiunque egli si fosse o sia.

- Ecco, ecco i soldati! - esclamarono gli zii, guardando giù nella piazza, dove ancora più alte si levarono le grida.

Mi sentii la pelle accapponare; questa notizia faceva germogliare in me l'idea di darmi alla fuga.

- Guarda che viso ha fatto dalla paura questo citrullo di ragazzo, - disse lo zio Cesare, notando il mio pallore. - Prima d'impaurirti, vieni a vedere, bestiuola, - e, prendendomi amorevolmente per mano, mi condusse ad affacciarmi alla finestra accanto del terrazzo.

Dalla via San Paolo arrivavano frotte di soldati; che, mescolandosi alla turba, fraternizzavano col popolo in rivolta, e quindi dietro a una bandiera tricolore portata da borghesi e militari con una carrozza, che se ne andava al passo, tutta la moltitudine si avviò, sempre gridando a squarciagola, per la via Sant'Apollonia, ora via Ventisette Aprile, verso il centro della città, lasciando la piazza quasi deserta.

La rivoluzione aveva trionfato; il Granduca e la sua famiglia erano partiti per l'esilio. Ed io? Rivoltai subito la giubba, diventando il giorno stesso un giacobino da sgomentare la zia Luigia, la quale era rimasta scandalizzata del nuovo regime; e molto più lo era, avendo saputo la parte che in tutto quel trambusto avevano avuta quelli di casa nostra.

Ripensando a quei giorni, ho sempre riflettuto quanto mi fosse stato facile, in così breve ora, di capivoltare le mie opinioni politiche, le quali mi sembravano radicate nell'animo molto profondamente; tanto che a causa di quel ricordo, ho vissuto sempre in diffidenza di me stesso, e poca meraviglia mi ha fatto vedere diversi, anzi molti, che, da moderati in fatto di politica, si sono tanto rapidamente accesi, e trasformati, da lasciare il roccetto che avevo visto loro indossare con zelo per servire la messa alle Scuole Pie, per finire poi socialisti, sindacalisti e, come deputati al Parlamento, sedersi fra la sinistra la più sbraculata e piazzaiola.

Ma anche i costumi in qualche cosa cambiarono, dopo l'avvenimento della rivoluzione, a riguardo dei ragazzi. Per l'avanti si viveva in modo disciplinato e formalistico, come se ognuno di noi fosse stato destinato a salire, prima o poi, sopra un piccolo trono. Si doveva amare il prossimo perché così prescrivevano i canoni della Religione, ma stare a distanza e in contegno con questo prossimo anche fra noi fanciulli della stessa condizione sociale. La disciplina fu addolcita; il frustino andò in disuso. In quel tempo si combattevano le sorti d'Italia sui campi di Lombardia; e ad ogni vittoria dell'esercito italiano tutto il popolo, dal giorno della rivoluzione, come ad un luogo consacrato dall'avvenimento ai fasti patriottici, si riuniva sulla piazza della Indipendenza per festeggiare con grida, inni e bandiere il lieto successo delle armi italiane, e di quelle degli alleati francesi.

II

Anche nel piccolo mondo dei fanciulli questi avvenimenti, ormai storici, avevano portato una certa agitazione, e delle consuetudini nuove. Sulla piazza della Indipendenza ogni sera si era cominciato, come cosa nata da sé, un convegno di fanciulli delle migliori famiglie di Firenze, e la sede accidentalmente prescelta era il lato della piazza verso la cantonata di via Barbano, mentre dall'altra parte di via San Francesco si riunivano un numero grande di ragazzi degli umili abitanti di via delle Ruote e di San Zanobi, che anch'essi, fatti caldi dagli avvenimenti guerreschi, con tamburelli, sciabole di latta, e cappelli di foglio ornati di penne di pollo, simulavano fra di loro battaglie e fatti d'arme.

La nostra riunione era più contegnosa, perché si aveva tutti un'educazione migliore, e poi, alla lontana, la sorveglianza su noi non era affatto abbandonata. Non si raggiungeva il totale dei ragazzini dell'altro canto della piazza, ma eravamo abbastanza numerosi; molto più che anche varie signorine della nostra età prendevano parte a questo circolo improvvisato.

Per dir la verità, a me l'intervento delle signorine non andava molto a genio; le bambine le avevo in uggia, perché mi parevano esseri malati. Con loro non si poteva fare a chi più corre, né a chi saltasse più in alto; non avevano di ricreazione che degli sciapitissimi giuocherelli, dove non entrava mai né la sveltezza, né l'agilità, né la forza. A parlare con le bambine, al mio modo di vedere, non v'era costrutto nessuno; non mi sapevo in che discorsi intrattenerle; e poi, quel loro modo di fare o di stupide, o di canzonatrici insulse, mi rimaneva sinistro, molto più che non vi era la risorsa definitiva di venir con loro alle mani, come si poteva praticare fra maschi. E quello che più d'ogni altro mi rendeva repulsiva la compagnia delle bambine si era, che le avevo trovate, dal più al meno, tutte finte di carattere, e bugiarde. Se avessi potuto seguire il mio impulso dell'anima, e se l'educazione non mi avesse trattenuto, avrei tanto volentieri tolto loro di collo quella esosa bambola, per farle fare un volo a giri tondi per l'aria e mandargliela in frantumi.

Per me la bambola era una fobia, come lo è il drappo rosso per i tori; e tutti quei discorsini affettuosi, che le bambine buone soglion fare attorno a quella testa di stucco, mi sembravano tale una scemenza, da non arrivar mai a comprenderla; e poi, urli, strepiti per un grillo! mezzi svenimenti per un ranocchio! Ah le bambine! Ma ormai le piccole signorine si erano inoltrate nella nostra comitiva, e bisognava che io le subissi per dovere di cortesia. Fra i maschi frequentatori della piazza, fra quelli che io ricordo, vi era il marchese Emilio Pucci, il quale aveva frequenti dissapori col suo precettore; di tanto in tanto compariva il marchese Carlo Ginori, anche lui tenuto a catena da un precettore abbastanza severo; il comm. Edoardo Philipson, il quale, a quei tempi, non era anche commendatore, ma dimostrava sin d'allora tutte le buone qualità per diventarlo; c'interveniva pure un certo Pugi, che poi ho rivisto colonnello di cavalleria, e questi due abitavano sulla piazza dell'Indipendenza vicino a me; vi era Guglielmo Vestrini, e poi molti altri, che troppo lungo sarebbe se dovessi ricordarli tutti.

Fra le signorine venivano due figlie del Ministro di Stato del cessato governo, S. E. Landucci, la signorina Trollope, cognome di fama mondiale, ed altre, tutte di buonissime e rispettabili famiglie. Molti di questi frequentatori oggi venivano al convegno, poi stavano un po' di tempo senza farsi vedere, quindi ritornavano, mentre altri nuovi vi comparivano, e così senza presentazioni, senza cerimonie si imbastivano delle amicizie, che poi son durate a lungo. Dopo dieci minuti che uno si era imbrancato, veniva trattato col *tu*, e nessuno si ribellava a questa confidenza. Mi perdonerà il lettore se mi son dilungato più del dovere in questa parte della narrazione, che può sembrargli un poco futile; ma questo era necessario conoscere, perché tra poco si leva il sole.

Come, si leva il sole? dirà qualcuno; che c'entra il sole con tutto questo?

Si pazienti un momento, e di ciò ben presto si avrà ampia spiegazione.

In quella riunione ognuno cercava di portare con sé qualche gingillo, che potesse interessare e divertire gli amici; questioni da risolvere, cioè quei nodi fatti con due ferri, che sapendo con pazienza districare, possono venire sciolti; ci fu un tale, di cui non ricordo il nome, un immaginoso di certo, che ci tenne in attenzione per farci vedere il fuoco rosso inventato da lui; aveva pestato del mattone, l'aveva involtato in un foglio, e dandogli fuoco pretendeva che dovesse dare la fiamma rossa. Chi sa quante altre disillusioni e più serie deve in seguito aver provato nel suo mondo, il poverino!

Una sera, poco prima che andasse sotto il sole, un ragazzetto della nostra compagnia aveva portato dei *serpenti di Faraone,* ai quali dava fuoco sopra una panchina. Non avevo mai visto nulla di simile, perché in casa mia, nonostante i tempi nuovi di libertà, fuochi artificiali, polvere da fucile, e tutto quello che avrebbe potuto recarmi danno personale, o provocare pericolo d'incendio, mi era rigorosamente proibito, quasi fossi tenuto sotto regime di stato d'assedio.

Fra un *serpente* e l'altro, uno degli amici mi accennò una signorina, che avrà avuta la mia età, dicendomi: - Guarda come ci ronza intorno quella bambina; ha curiosità di vedere anche lei. È bellina assai.

Questa uscita del *bellina assai,* m'indispose verso l'amico perché non sentivo ragioni in me di ammirare il bello e il brutto in fatto di forme umane; ritenevo bello, il buono; il brutto poi era il cattivo, e a me quella fanciulla sembrò che dovesse essere la bontà in persona perché mi pareva una di quelle soavi effigie di angioli o di serafini; era qualche cosa d'indefinito, che mi ricordava a un tempo Gesù, Madonna, paradiso, ghirlande di fiori, la levata del sole, soavi odori, l'arcobaleno, e sentii dispiacere che il cerchio delle persone che si stringeva attorno alla panchina non la lasciasse vedere, e perciò dissi al compagno:

- Facciamole posto; e tu va' ad invitarla che venga fra noi; deve essere persona gentile di certo, è molto ben vestita.

- Vacci tu; io voglio vedere quest'altro *serpente,* - rispose con poco garbo il giovanotto.

Avendo veduto che discorrevamo di lei, essa distolse i suoi immensi occhi da noi, e via di corsa roteando la corda che saltava, e andando attorno di qua e di là, e coll'andamento capriccioso di un volo di libellula, si fermò lì presso ad una panchina, dove era un bambinetto, un musetto arcigno ma che la somigliava.

Ho detto che la somigliava, ma bisogna intenderci; erano fratello e sorella e questo si vedeva; ma era la somiglianza che un giorno può avere con un altro, perché tutti son giorni e figli dello stesso anno; con la differenza che può avere quello di bel tempo con la giornata di nebbia.

Nel momento che si era in attenzione ai fochetti del *serpente di Faraone,* dalla via San Carlo si sentì improvviso lo scalpitare di un cavallo e il rapido ruzzolare delle ruote di una carrozza; era un cavallo in fuga. La bestia, seguitando a diritto verso la piazza, nel suo cieco imbizzarrimento senza vedere le catene che sbarrano il passo, vi andò difilato a dare di cozzo, e abbattendosi lì, mandò in rovinio la vettura che trascinava. Noi piccini, agli urli della gente, a tutto quel sottosopra, ci riunimmo impulsivamente, pieni di terrore, in drappello serrato come se fossimo stati una motta di pesciolini, e per l'istinto della conservazione anche la bella creatura, abbandonata la corda da saltare, stringendosi premurosamente contro il petto il suo fratello, poco più piccolo di lei, venne a cacciarsi fra di noi atterrita.

Chi fu portato dal precettore a bevere di qua per rinfrancarsi il cuore, chi a bevere di là dalla governante; e quelli che stavano di casa sulla piazza vennero subito mandati a prendere. L'amico, che aveva i focolini col *serpente,* non ritrovando la sua cameriera, che forse era più in là a farsi dar coraggio da qualche sergente della prossima Fortezza, lo condussi a casa mia a ristorarsi, ed egli mi regalò, di nascosto, un *serpente,* che andai a rimpiattare nel più remoto angolo di camera mia.

Il giorno di poi non mi era concessa l'uscita in piazza, perché *l'ordine di servizio,* dirò così con espressione militare, stabiliva anche per me la passeggiata in carrozza alle Cascine.

Non vi era per me cosa più noiosa e antipatica della scarrozzata alle Cascine. Mia madre, il nonno e io, zitti e mogi, si andava alle Cascine, prima su e giù e poi giù e su per i viali; si salutava molti delle altre carrozze, e ci si faceva salutare; quindi la carrozza si fermava al Piazzale vicino alla banda, a quella banda, che io odiavo perché mi rintronava i visceri, e dopo avere ascoltata una sonata, la pariglia ci portava lungo l'Arno al Pegaseo, dove tutti e tre, con il cameriere Leopoldo che ci seguiva, e al quale la disciplina del momento m'impediva di prendermi la confidenza di confabulare, si facevano due o trecento metri a piedi verso la città, e di lì, rimontati in carrozza, finalmente ci si avviava a casa per andare a pranzo. L'unico ricordo piacevole di quelle passeggiate era l'episodio di qualche lepre che scappava per i prati, o che se ne stava ferma in mezzo alla via. Allora, in quel caso, mi era permesso di rompere la compostezza di manichino, che mi si era insegnata, come contegno regolare di chi va in carrozza, e guardare fra il cocchiere e il servitore sul davanti della via, avendo essi premura di darmi notizia quando ci era in vista la lepre.

Quel giorno Basilio non era più al nostro servizio, era stato non solo mandato via di casa, ma il barone Ricasoli, che ne era stato il protettore, l'aveva sfrattato dalla Toscana, perché, come capo del Governo Provvisorio, aveva potuto avere la certezza, che egli era una spia dell'Austria.

Come mai Basilio non ci aveva fatto del male, vivendo in tanta confidenza delle pericolose cospirazioni di casa nostra?

- L'amore per la cameriera, - disse lo zio Nicola, - ci doveva aver salvato. Per non andar lontano da lei, vuol dire che aveva mangiato, rubandolo, il premio dello spionaggio, lasciandoci tranquilli. La nostra famiglia ha, dunque, qualche debito con l'amore, non fosse altro quello della riconoscenza.

Andare in carrozza, oltre la noia per me di quelle ore d'immobilità, mi dava anche il tormento della *toilette* speciale che la cameriera, con un rituale che non mutava mai, mi faceva subire. Quando si andava alle Cascine, oppure al teatro, bisognava che mi cambiassi tutta quanta la biancheria di dosso, e che mi lasciassi lavare, a gran saponata, collo ed orecchi. E lì nascevano gravi dissidi con la Teresa perché, ora mi sentivo sgraffiato dalle sue unghie, ora avevo le orecchie piene d'acqua, oppure il sapone mi entrava in un occhio. Quando mi toccava a passare questo lavaggio, potevo essere il modello del *bad boy,* di quella graziosa statua, che ha fatto la fama a Londra dello scultore fiorentino Focardi.

Meno male che questa procedura di *toilette* a tutta oltranza non era quotidiana, perché al teatro mi conducevano raramente; e alle Cascine, un giorno andavo io con mia madre, quell'altro la zia Maddalena col mio cugino Carlo, e dopo, quando tornava il turno a mia madre, essa conduceva seco mio fratello Aldo. Intercalando i giorni di pioggia e di vento, la cosa del *direzzolamento,* come diceva in suo linguaggio pisano la Teresa, addiveniva tollerabile.

Quel giorno, quando si fu al cambio della camicia, si trovò che ad un polsino era rimasto un mezzo gemello di oro con un po' di catenina stretta dall'occhiello, ma la catena era rotta e la traversina non c'era più.

Ecco un dispiacere! ecco i rimproveri materni! si disse fra me e la Teresa; e l'ombra del frustino tornò a balenarmi nella memoria.

- Dove può avere perso questo pezzo del gemello? - mi domandava la Teresa. - Stamani ce l'aveva?

Non mi ricordavo di aver posto attenzione a questa cosa, ma mi venne in mente che il giorno avanti, quando era avvenuto il trambusto del cavallo che scappava, l'amico che mi era accanto, nell'impressione dello spavento mi aveva agguantato a forza la manica per trarmi a sé, e poteva benissimo avermi rotto la catena del gemello e il pezzetto essere caduto in terra, e forse poteva esserci ancora, se, nascosto fra la ghiaia, non avesse dato nell'occhio a nessuno. Partecipai il sospetto alla Teresa, e la pregai di andare a vedere.

- Ci vada lei. Le pare che possa andare io in Piazza così con la scuffia e il grembiule, e senza cappello? bisognerebbe che ne domandassi licenza, e mi andassi a cambiare d'abito. Ci vada lei.

Dopo fissato con la Teresa che mi avrebbe scusato se ero uscito sulla piazza senza permesso, mi misi il cappello, infilai la porta e corsi alla panchina dei fochetti del giorno prima.

La ghiaia sulla piazza era stata messa da pochi giorni; perciò era ancora alta e mi conveniva raspare qua e là per vedere se venisse fuori quel bastoncino d'oro del gemello. Mentre con premura stavo giù chinato a questa ricerca, con la coda dell'occhio vidi comparire dalla via Barbano quella bambina con suo fratello e sua madre, e tutti e tre si misero a sedere sopra una panchina lì poco distante da me.

- Ecco ora questi uggiosi! - dissi tra me. - Non si può mai fare il suo comodo senza esser disturbati da qualche contrattempo.

Questa contrarietà dell'esser veduto alla ricerca di un oggetto, più specialmente derivava dall'idea che avevo in materia di convenienze; mi pareva umiliante che ci si facesse vedere alla gente ricercare, come uno spazzaturaio, la roba perduta, sia pure d'oro, in mezzo di una piazza. Un signore, pensavo, è degradato di certo a mostrarsi giù piegato a fare quest'umile figura, perché un signore perde la roba, ma non la ricerca; tutt'al più mette gli avvisi alle cantonate, perché gliela riportino, mentre io grufolo fra la terra.

E per sfuggire agli sguardi dei tre seduti sulla panchina, senza raddrizzarmi, voltai loro le spalle e continuai le mie investigazioni.

Sentivo lo scalpiccìo cadenzato della bimba, che aveva cominciato a saltare la corda; la sentii allontanare, e poi avvicinare, per fermarsi vicino a me. Era a due passi dietro a me, che mi osservava.

Non potendo io stare eternamente in quella posizione curvilinea, molto contrariato, mi rialzai, e mi voltai per guardare. Essa con un sorriso, che era un incanto, mi domandò in francese, se avessi perduto qualche cosa.

Non ho mai in tutta la vita mia ascoltata armonia più bella di quella voce; ne sentii in me un'impressione carezzosa, che poteva assomigliare, mutate le cose, alla voce di mio padre quando mi faceva la sorpresa di dirmi:

- Stasera si va a Stenterello.

E tutto questo provai in me, nonostante che la parola mi fosse rivolta in francese.

Io studiavo il francese, ma quanto al parlarlo era un altro paio di maniche, mancandone l'esercizio; e per di più, questa benedetta lingua francese ha tale una scioltezza che mal si adatta alla carnosa lingua di noi figli d'etruschi. Io ho sempre sentito come andrebbe pronunziata la lingua francese; ma quel benedetto *u*, prima di dargli la via vestito alla francese, bisogna far le prove in precedenza per socchiudere a giusta misura il forame della bocca. Sono arrivato, soggiornando in Francia, a pensare, perfino a sognare in francese; ma quando ho dovuto parlare è stata sempre una pena, e tale che il tirar l'alzaia, a paragone, mi si presentava come fatica lieve e quasi piacevole. Molti Toscani, anzi quasi tutti, parlano francese, ma non è quello il francese che io sento dentro di me; abbiamo una lingua che s'impasta e s'intontisce quando deve buttar fuori il francese. Tutte le volte quando sono rientrato in patria, anche il doganiere, lo sgarbato doganiere, mi diventava simpatico perché con lui lasciavo il pendaglio che mi aveva tenuta obbligata la lingua fuori via, che snella e libera tornava a parlare senza calcoli, senza reticenze, l'italiano, lingua tanto difficile a bene scriverla, ma tanto fluente a parlarsi.

Preso alle strette e all'improvviso a quel modo dalla bella creatura, bisognò, per non fare una figuraccia, che mi buttassi a capofitto nel francese, e alla meno peggio le risposi che avevo perduto un piccolo gemello d'oro. Per dire *gemello* non fidandomi del vocabolo che mi veniva alla mente, dissi che era un bottone d'oro la cosa che avevo smarrita.

Essa chiamò suo fratello, che sentii allora come avesse nome Giacomo, perché venisse in mio aiuto, e tutti e tre con pazienza ci demmo a rovistare; dopo un po' anche la madre si alzò dalla panchina, e venne da noi.

E ora, pensavo fra me, speriamo che il gemello non si ritrovi, perché farei chi sa quale trucia figura se ricomparisse questo minuscolo pezzettino d'oro, che sto cercando, come se fosse una gemma delle più preziose.

In questo tempo la madre accennando col dito in terra sotto la panchina parlò alla figlia in un'altra lingua che non era affatto quella francese, e la figlia, seguendo la indicazione della madre, di sotto alla panchina trasse fuori il bastoncino d'oro, che si stava cercando.

Ringraziai, un po' goffamente, tutti, e mi avviavo a casa, quando la carrozza di famiglia si fermò alla porta, nel tempo stesso che il nonno e mia madre venivano fuori dall'ingresso.

Non detti tempo che essi mi cercassero, e prima di essere interrogato, mostrai a mia madre la parte del gemello ritrovato, che fu consegnato dal servitore alla Teresa, la quale se ne stava alla finestra del piano terreno, forse trepidante, per vedere che piega avesse preso il mio imbarazzo per il gemello smarrito...

Montai l'ultimo in carrozza, e vidi tutti e tre miei nuovi conoscenti fermi lì presso a vederci partire; la bambinetta, prima che i cavalli prendessero la mossa in partenza, mi salutò con la mano, e con i folgoranti suoi occhi, ed io mi levai il cappello per salutare. Mia madre si voltò verso di loro, e non poté trattenersi dallo esclamare:

- Che bellezza di figliuola! È un miracolo di bellezza! Non ho mai visto nulla di simile! Chi sono? - domandò a me, che li avevo salutati.

Con un fare un po' sornione, risposi: - Non li conosco, però sono quelli che mi hanno aiutato a ritrovare il gemello. Non è mica poi tanto bella quella fanciulla, come tu dici: ha il naso e la fronte che le fa una sola linea. Mi dà l'idea che quando era ancor tenera le abbiano fatta battere la faccia nel muro per spianarle il profilo a quel modo.

- Povero figliuolo, non sarai mai un artista! Quello è un profilo greco e dei più puri, dei più classici, di quei profili che avevo veduto finora nelle statue di scavo, ma mai e poi mai in persona vivente.

Mia madre era artista, dipingeva quadri di figura a olio; dunque di linee se ne intendeva, e molto; ma io, non proprio per la verità avevo fatta quella osservazione, sì più che altro per allontanare da me il sospetto che quella fanciulla mi piacesse.

Confesso il vero che quel profilo di volto era per me una cosa nuova, e mi ricordava un po' alla lontana la faccia di una maschera di carta pesta, che avevo posseduto, e perciò mi era parsa un difetto.

Occorre spiegare che quel che più mi imbarazzava in fatto di simpatie femminili, e che mi spingeva quasi con l'astuzia delinquente a nasconderle, era la paura di essere canzonato dagli zii, che in tutto trovavano occasione e pretesto per divertirsi con me. Se avessero detto: - Guarda! Guarda! Micio è innamorato! - sarei morto di vergogna.

Innamorato, per il concetto che mi ero fatto, voleva dire: uno che fosse andato storto di cervello; che si rendesse ridicolo per le stranezze di sospirare, di far poesie, per sonare di notte la chitarra sotto la finestra dell'innamorata, ricevendo catinelle d'acqua sulla testa.

L'innamorato mi pareva che, se avesse perso il limite della misura nella sua fantasia, e avesse fatta palese la sua stramberia, dovesse trovarsi per la strada ludibrio dei monelli, come lo erano a quei tempi il *So' Cesare bombò* e il *Monchino*, un certo Orlandini che si affogò nel Giardino dei Semplici. Per cui, io mai mi ero lasciato cogliere in ammirazione delle grazie femminili, per non rischiare, anche per equivoco, le beffe di nessuno.

Il tributo alla vanità umana con la gita alle Cascine per il momento era stato pagato, ed il giorno dipoi, d'un bellissimo sereno, ero libero per andare a trovare i compagni sulla piazza; e vi giunsi il primo.

Poco dopo arrivò la signorina forestiera con suo fratello Giacomo. Io mi tenni un po' sulle mie, ma quando vidi che si avvicinavano nella mia direzione, mi feci loro incontro per salutarli, sbirciando le finestre di casa mia pel timore che qualcuno mi vedesse in convenevoli con la bella bambina.

Ci siamo stretti la mano proprio come se fossimo persone di età, e poi, passo passo, ci siamo allontanati da quella cantonata della piazza per andare a quella più a mezzogiorno e sottrarci così dal raggio visivo dei miei, dei quali temevo la satira e lo scherzo.

Le amicizie fra ragazzi corrono leste; dopo un quarto d'ora si era in confidenza come se ci fossimo conosciuti da anni; e ne ebbi subito una contentezza, perché mentre suo fratello Giacomo era chiuso e di poche parole, lei con una piacevole festività mi disse che avrebbe volentieri parlato in italiano per impratichirsi in questa lingua.

Ognuno può immaginare la contentezza per me di metter da parte quel tormento della lingua francese. Allora solamente mi sentii io, ed anche padrone della conversazione, nella quale avrei potuto spiegare e sfoggiare i miei mezzi abituali.

- Voi non siete italiani. Di che paese siete? - domandai.

- Siamo greci, - mi rispose garbata.

Ammirai in quel momento la perspicacia di mia madre, e quel profilo della faccia della mia nuova amica mi si rivelò divino.

- Come vi chiamate?

- Lui si chiama Giacomo, io Matilde Elisabetta; ma più spesso i miei mi chiamano Filli. E tu come ti chiami?

- Io mi chiamo Guido, ma in famiglia mi chiamano col soprannome di *Micio.*

- *Miccio?* Cosa vuol dire *Miccio* in italiano?

- *Miccio* in italiano vorrebbe dire somaro; ma si dice *micio*, il che vuol dire, presso a poco, *piccolo gatto.*

E cambiando discorso aggiunsi:

- Mia madre ieri, quando ti vide, disse che tu eri molto bella.

- A te non sembro?

Ahi, ahi! ero subito in un imbarazzo. Come si fa a cavarsela? Se dico di sì, che è bella, dicevo tra me, questa può credere ch'io sia innamorato di lei, ed io innamorato in vita mia non sarò mai; a dire di no, sarebbe uno sgarbo, una grossolanità che non voglio fare, e che ella non merita; e per avere tempo di meditare una risposta che mi togliesse d'impaccio, mi misi a guardarla per un momento negli occhi.

Che cosa ci vedessi in fondo a quegli occhi violetti non so; mi parve che, guardandoli, il collo mi si allungasse, la gola mi si piegasse all'indietro, provai quel non so che, che mi sono figurato debba provare l'usignolo allo sguardo della serpe; e per rompere l'incantesimo mi scossi, e non seppi dirle altro:

- Non sei bella, sei bellissima!

E poi con una giravolta, un salto, una stupida risata, me ne andai via di corsa al largo, girandole attorno. Lei sciorinò la corda e saltandola mi fu appresso, e Giacomo pure, e tutt'e tre poi correndo, arrivammo alla cantonata di via Barbano, dove già era cominciato l'abituale crocchietto.

Trovai che fra gli arrivati vi era una certa agitazione. Il giorno avanti, nella mia assenza, era nato un incidente di confine, fra loro e la comitiva dei ragazzacci dell'altra cantonata. Perché uno dei nostri si era per caso spinto fin là, l'avevano fermato e gli avevano detto che noi ci consideravano come tedeschi e che ci davano tempo tutto il domani per sloggiare dalla nostra abituale cantonata della piazza, concedendoci, per ora, di ritirarci dalla parte di mezzogiorno da mezza piazza in giù.

- Ma questa è una prepotenza, - diceva uno; - i tedeschi saranno loro, noi siamo italiani.

- Aspettiamoli, - diceva un altro, - e prendiamoli a botte.

- Già!? Un'altra ancora! Se facciamo una piazzata, non ci mandano più al nostro convegno.

- Diciamo la cosa alle guardie, - proposi io.

Questa proposta fu accettata come la più pratica.

Quando vedemmo due guardie municipali, che col passo del bighellone giravano intorno alla piazza, andammo in comitiva a fermarle ed esponemmo loro il nostro caso; ma esse con quel fare sfiaccolato che è, fu e sarà la caratteristica di tutte le guardie municipali, sentenziosamente ci risposero: - La piazza è di tutti; nessuno ha diritto di mandarvi via -. Poi ripresero come tardigradi il loro cammino.

E così, si rimaneva come prima.

Quel giorno non vi era in famiglia la gita alle Cascine perché Pascià, uno dei cavalli della famiglia, si era fitto un chiodo dello zoccolo, e il nonno perciò faceva la sua passeggiata regolamentare da solo attorno alla piazza. Lo vidi, lo fermai, gli raccontai di che cosa si era minacciati.

- Va' a casa, sarà tanto meglio per te, - mi rispose.

Figurai di rimanere persuaso, ma mi sarebbe parsa un'enorme vigliaccheria l'abbandono, nel pericolo, degli amici; perciò lo lasciai continuare per la sua strada, figurai d'avviarmi a casa, e poi tornai a mescolarmi agli altri, che frattanto erano cresciuti di numero. In questo tempo dalla via San Francesco si sentiva un crescente rumore di tamburelli battuti, di latte sbatacchiate, il che ci fece avvertiti come i nemici fossero per comparire in campo, ed in pieno assetto di guerra. Finalmente la turba degli sbracati monelli comparve ordinata a due a due sulla piazza e andò a mettersi attorno a un'antenna, che non so per quale festa pubblica futura era stata piantata in terra proprio di contro a casa mia. Al piede di cotesta antenna era ancora un cumulo di sassi e calcinacci levati fuori di sotto terra per lo scavo occorso.

Noi, a dir la verità, ci sentivamo molto trepidanti; stavamo guardando senza programma il pericolo, avendo ormai abbandonato ogni speranza di difesa legale.

Mi pareva enorme quella prepotenza, di cui eravamo minacciati, tanto che ritenevo impossibile di essere investiti da quei ragazzi, ai quali non si era fatta offesa nessuna; ma le grida e le ingiurie, che ci lanciavano, mi fecero persuaso come il caso fosse serio, e consigliai Filli e suo fratello di andarsene a casa; ma non fui ascoltato.

Senza un perché preciso, senza un determinato scopo, ma per improvviso impulso, uscii dal gruppo dei miei amici, e calmo mi avviai verso il drappello armato di fucili di legno e di sciabole di latta; presi coraggio anche maggiore, perché al terrazzo di casa mia v'erano diverse persone. Volevo parlare col capo di quelli energumeni per far loro capire con buona maniera la ragione. Vedendomi andare verso di loro cessarono il clamore; poi, quando fui loro vicino, d'un tratto si dettero a fuggire, e solo tre o quattro dei più grandicelli rimasero e insieme presero a bersagliarmi di sassi e di calcinacci. Nel voltarmi verso il balcone dov'erano i miei di casa, un sasso mi colpì ad una tempia, e senza perdere affatto la conoscenza, con la vista annebbiata, con gran ronzìo d'orecchi, caddi a terra.

Ho rivisto in seguito la scena nel celebre terzetto dei *Lombardi*. Quando fui rialzato da terra mio nonno da una parte mi sorreggeva; dall'altro la buona Filli, che piangeva disperatamente, mi comprimeva colla pezzuola la ferita alla tempia, da dove sgorgava sangue in abbondanza. Fui condotto a casa, dove prima che arrivassi tutti erano in agitazione per l'accaduto.

Fui medicato; dopo due ore non sentivo dolore alcuno, ero tornato come prima, ma avevo incappato nei rigori paterni, e la sentenza era stata: due giorni chiuso in camera a pane e acqua per avere disobbedito al nonno, che mi aveva imposto di ritornare a casa, con l'aggravante di condotta deplorevole, perché piazzaiuola.

Il carcere m'importunava fino ad un certo segno; restava controbilanciato dalla felicità di non andare a scuola; ma era il *pane e acqua,* che mi impensieriva.

Fui chiuso, e mio fratello Aldo e mio cugino Carlo, che con un sorriso sardonico sulle labbra, avevano presenziato l'inizio della esecuzione della condanna, venivano di tanto in tanto, per canzonarmi, a graffiarmi all'uscio o a farmi dei versacci. In un momento, che si faceva la Pulizia della mia stanza, potei acchiappare uno di loro e gli appiccicai degli scappellotti; alle cui grida accorse mio padre e lì, tamburo battente, come recidivo, la clausura mi fu portata a tre giorni.

Ma il *pane e acqua* non fu di stretto rigore, perché la Teresa, forse d'accordo con mia madre, forse d'accordo anche con mio padre, mi portava di nascosto (così diceva lei) tutto quello che veniva servito in tavola.

Per dir la verità, anche col benefizio di non andare a scuola, lo stare rinchiuso era una grande tribolazione, e l'unico conforto l'avevo dal bel canarino maschio, che stava in camera mia, e che cantava tutto il giorno, e per il quale avevo serbati come regalo semi di popone.

Al secondo giorno, che mi stavo prigione, venne mia madre a farmi una predica. Per prima cosa mi raccontò che mio padre, vista la mia eccessiva vivacità, e lo scandalo dato di maleducazione in pubblico, con rischio della vita, aveva stabilito di rinchiudermi a Volterra.

- In galera?! - domandai con premura.

- No, non già in galera; ma in collegio, dove ti vestiranno da prete.

Mi misi a sorridere perché mi pareva una cosa curiosa l'esser vestito da prete; chi sa Aldo e Carlo, pensai in un subito fra me, gli scherzi e le tirate di tonaca che mi faranno.

- Ma dunque tu sei proprio un ragazzaccio, un'anima perduta? Non ti commuovi, anzi sghignazzi alla minaccia di lasciare tuo padre, tua madre, la famiglia?!

- Guà, - dissi storcendo la bocca e con i lucciconi agli occhi, - se babbo mi vuol mandare a Volterra, che ci posso fare io? è lui che comanda. Ho avuto una sassata nella testa da della gente, alla quale non avevo fatto proprio nulla di male; prendo le punizioni, che mi vengon date, remissivamente; e che colpa ho io se poi mi si vuol mandare anche a Volterra?

Mia madre tagliò corto, le venivano anche a lei gli occhi lustri; si alzò e se ne andò, senza aggiungere altro; solamente, al momento di chiudere l'uscio, come per suo disimpegno, lanciò verso di me questa frase, che a me parve, in quel momento, fuori di luogo:

- Mi rincresce, figlio mio, che tu abbia tanto poco cuore.

Era una leggenda, che su di me si era formata in famiglia, che avessi poco cuore. Essa aveva la sua storia. Una volta, negli anni avanti, ero stato condotto al Teatro della Pergola, dove si rappresentava l'opera del Verdi, il *Trovatore*. Io, a quell'età, più che della musica, mi interessavo del fatto dell'opera; e anzi deploravo che gli artisti, invece di recitare, cantassero, il che m'impediva di raccapezzarmi nello svolgimento del dramma.

Era costume delle persone di condizione di non stare al teatro fino in fondo allo spettacolo. Molto prima della fine dell'ultimo atto, si lasciava il palco, per ritirarsi nel *foyer*, in attesa che il chiamatore avvisasse che la carrozza di tale o tal'altra famiglia era alla porta. Il trattenersi fino alla fine dello spettacolo era da contadini, e non di buon genere; ma a me interessava di sapere come la rappresentazione andasse a finire quella sera, e mentre mi rinfagottavano nella cappa, domandai con premura a mio padre come andasse a finire per quel *Trovatore*.

Mi rispose:

- Ora lo ammazzano, ed è finita.

- Ecco, ho capito! - dissi fra me. - Si va via prima dello spettacolo per non mi far presenziare a questo strazio. - Ma dimmi, - gli domandai ancora, - che ne ammazzano uno tutte le sere dei Trovatori?

Mia madre, che sentí questa interrogazione, ne rimase trasecolata. "Come?, - diceva. - Con tanta tranquillità, con questa serenità, lui che ha creduto che veramente quell'uomo debba venire ammazzato, se ne va a casa senza preoccupazione della cosa?! Ma questo è un mostro di ragazzo, è un piccolo Nerone, non ha cuore!"

La cosa fu raccontata in famiglia e la sera, sul *menu* del pranzo uno degli zii, all'arrosto, invece di rondoni, aveva fatto scrivere: *arrosto di trovatori.*

Ero cattivo di cuore? non si sapeva valutare la condizione mia; ecco tutto. Avevo creduto, perché non potevo ammettere neppure lontanamente che mio padre fosse per dire una cosa non vera, avevo creduto che quel Trovatore dovesse venire ammazzato; ma lui era tranquillo e cantava; tutti stavano senza commozione a vederlo appressarsi all'eccidio; mio padre e mia madre non se ne preoccupavano affatto; perché io solo, fra tutti del teatro, dovevo insorgere; mentre tante volte avevo avuto una sensazione penosa quando in villa avevo sentito da mia madre, coll'imperio d'un tiranno, ordinare che fosse tirato il collo a un cappone?

Ma un altro fatto, e ben più grave, era scritto per me nel libro nero di casa. Avevo sparso sangue, e purtroppo sangue innocente, come più tardi ho potuto conoscere.

Avevo avuto dallo zio Cesare in regalo una bella gallina bianca padovana, con un ciuffo magnifico, che le cuopriva gli occhi. Appena arrivato alla villa all'Impruneta, dètti la via alla gallina perché godesse della libertà; venne subito un gallaccio nero di fattoria, le agguantò il bel ciuffo, e strappandoglielo, se la mise sotto i piedi. Lo scacciai, ma poco dopo tornò daccapo a quella violenza. Per difendere la mia povera gallina, presi un sasso, lo tirai a quella disgraziata bestia, che per accidentalità colpita alla testa, andò a ruzzoloni, e agitando le zampe in aria, come se facesse la calza, esalò l'ultimo anelito.

Dopo questo eccidio, tanta fu l'impressione che ne ebbi, da non sapere se fosse il caso per me di darmi alla macchia; ma ormai il delitto era stato scoperto; troppi testimoni deponevano contro di me. Subii il castigo che mi ero meritato, e la fama di ragazzo di cattivo cuore mi rimase.

Quando mia madre se ne fu andata dalla mia prigione, aprii la finestra. La mia camera era al primo piano, e mi misi a guardare i passerotti, che a stormi andavano e venivano sopra un maggiociondolo di faccia alla scuderia e sul quale avevo inutilmente nei giorni passati tentata loro la caccia con degli spaghi impaniati. Volsi gli occhi poi verso il giardino del Philipson; al di là di quel giardino prospettavano le case di via Barbano, che vedevo benissimo fino al pian terreno e anche un poco dei giardinetti addetti a quelli. Sopra una larga gradinata di marmo in uno di quei villini, una signora, seduta sopra una poltroncina di vimini, stava ricamando al tombolo. Mentre la stavo osservando per spiegarmi se fosse un giuoco o un lavoro quel turbinare furioso delle sue mani attorno a quel manicotto verde che vedevo, comparve una bambinetta sulla soglia di casa. Era Filli: la riconobbi subito.

Non sapevo come fare perché mi vedesse. Prima battei le mani più volte; ma seguitò a parlare con sua madre senza accorgersi di me; provai allora a fischiare, ma anche il fischio rimase inutile; e allora, persa la pazienza, cominciai a chiamarla con quanta voce avevo in canna, facendo delle mani portavoce.

Si voltò, mi vide, mi riconobbe, m'insegnò a sua madre, mi salutarono; ma dovetti ritirarmi subito, perché qualcuno si avvicinava alla mia prigione. La porta si aprì, era mio padre.

- Che cosa avevi da urlare? - mi domandò con fare benigno.

- Salutavo un mio amico che sta lì, - e gli accennai dove; ma egli non se ne occupò; mi fece sedere per poi dirmi:

- Tu avresti ancora un altro giorno di chiusa, ma, grazie all'intercessione di tua madre, ti lascio libero; però, intendiamoci bene, se si rinnovano le scene avvenute, si va a Volterra. *Marche!*

E mi aprì l'uscio, che io infilai con la furia di un filunguello, che veda una stecca rotta alla gabbia. Mio fratello e mio cugino mi accolsero con quello stesso sorriso canzonatorio, col quale mi avevano salutato quando mi videro rinchiudere; ma senza rancori andammo tutti insieme in scuderia a vedere Pascià, che stava molto male della gamba, e che appunto in quel momento era visitato dal veterinario.

Prima di pranzo volli risalire in camera per vedere se scorgessi Filli; ma il giardino era deserto, e la vetrata chiusa. Pensando che ella fosse sulla piazza, andai alle finestre sul davanti; nemmeno di lì mi fu dato scorgerla, come pure non vidi che ci fosse né amici né nemici.

Ebbi modo di sapere da mio fratello e da mio cugino come vi fosse stata una piccola questione fra gli zii e mio padre per causa mia; come gli zii mi avessero data ragione per aver affrontato quelle piccole canaglie, e come la piazza fosse tornata tranquilla perché lo stesso Capo del Governo, informato del fatto, aveva ordinata una grande sorveglianza di gendarmi, e fatti allontanare i fanciulli turbolenti; ma come disgraziatamente anche i nostri buoni amici avessero diradato, per timore che non si rinnovassero quelle violenze.

Avevo ancora il cerotto sulla ferita alla tempia, e mi vergognavo a farmi vedere fuori con quella pecetta sul viso; ma bisognava andare a scuola, e mi necessitò espormi alla vista, con la noia relativa del racconto del fatto, dove a mio modo di vedere d'allora, non mi pareva di fare una brillante figura, perché raccattato per terra, come un cencio, dal nonno e da una bambina.

Quando mi incontrai nuovamente con Filli, ero affatto guarito; mi si vedeva solamente rosseggiare la ferita rimarginata; Filli era in compagnia di sua madre e di suo fratello; e tutti e tre mi fecero molta festa, come se avessi scampato un gran pericolo, del quale non mi fossi accorto. Andavano verso casa loro, ed io, scantonando un po' dalla piazza, li accompagnai alla porta. Quando fummo lì, la madre mi invitò a passare, e Filli, facendomi dolce violenza, insiste perché suo padre aveva desiderio di conoscermi.

A dir la verità, un poco m'impaurii di questa insistenza, e primieramente perché l'andare in *casa terza,* senza l'autorizzazione dei miei, mi pareva cosa che potesse far tornare in campo l'idea di Volterra; in secondo luogo perché un padre, fosse pure quello di Filli, mi dava soggezione come tutti i padri, rifacendosi dal Padre Eterno. Ma non riuscii a difendermi, e passai.

Questo padre di Filli era ad un banco e scriveva. Non parlava né italiano, né francese; aveva in capo un fez con lunga nappa di seta nera, gli mancava un occhio ed era di viso rosso scuro, con baffi e capelli neri peciati, e con un collo taurino. Quando si entrò nella stanza e gli fu detto chi io mi era, egli fece un gran discorsone in greco e tiratomi a sé, mi carezzò sulla testa. Filli mi fu d'interprete e mi tradusse quanto aveva detto suo padre e cioè: che egli era contento di conoscere degno della patria di Garibaldi un ragazzino, il quale da solo aveva saputo affrontare una masnada di piccoli aggressori.

Più presto che potei, per evitar guai, corsi a riparare in casa mia; ma non ero tranquillo nell'animo, perché, a prendermi quegli elogi di quasi eroe, mi pareva di rubare. Ma dove è la mia bravura? dicevo a me stesso; dove è stato il mio coraggio in quel fatto? Ho presa una sassata nella testa; ma, se avessi saputo avanti che quei monelli mi avrebbero tirati i sassi, sento in cuor mio che non sarei andato loro incontro. Se mi mossi verso di essi, non fu per affrontarli, ma perché stimavo che non fossero tanto perfidi da aggredirmi. Chi sa quanti eroi saranno stati come ero stato io! Quando venivo via di casa di Filli, nell'accompagnarmi alla porta, mi aveva sussurrato: - Siamo stati a fare spese in città, ma ora io e Giacomo torniamo un poco in piazza; fa' d'esserci; sto tanto volentieri in tua compagnia.

Girai tutte le stanze di casa mia, perché i miei mi vedessero, e nessuno potesse sospettare che d'arbitrio ero andato *in casa terza,* come si usava dire, e poi tornai sulla piazza; Filli era là che saltava la corda.

Sedutici su di una panchina, le domandai perché il giorno di poi, che era domenica, non venisse alla messa delle undici alla Chiesa di San Marco, dove mi conduceva mia madre; e a quale chiesa andasse.

- Ma io, - rispose Filli, - non vado alla tua chiesa; io sono ortodossa.

Se mi avessero in quel momento strizzato con una mano il cuore, non avrei sentito tanta penosa impressione quanta ne ebbi a quella notizia; e premurosamente mi diedi ad indagare in che differisse la mia dalla sua Religione; perché si trattava di sapere se Filli fosse dovuta andare o non andare all'inferno, per non essere regolarmente cristiana.

- Ma tu credi in Dio? - le domandai con ansia.

- Altro se ci credo.

- E in Gesù tu credi?

- Voglio tanto bene a Gesù.

- E nella Madonna non credi?

- Come si farebbe a non credere nella buona madre di Gesù?

Dello Spirito Santo me ne ero dimenticato; ma in questo ero scusabile, perché non avevo mai occasione d'interessarlo dei fatti miei.

- E allora in che differiscono le nostre Religioni?

- Non lo capisco, - diceva Filli, guardandomi penosamente in viso. - Forse perché i nostri preti non dipendono dal Papa come i tuoi.

- Già, dev'essere così.

Quando ci lasciammo, ero di umore melanconico; l'idea che la buona, la bella amica mia avesse dovuto andare all'inferno mi tormentava l'anima. Avrei voluto esser bene edotto in cose di Religione per illuminarla, salvarle l'anima, e poi ritrovarsi insieme in Paradiso.

Lassù in Paradiso, io e Filli, che corse! senza paure di Volterra, senza frustino, e tutto il giorno insieme!

Andai dalla zia Luigia, che era la specialista di casa in materia di religione, e con tutta la più circospetta diplomazia la interrogai circa l'argomento, che tanto mi stava a cuore.

- Dica, zia, - incominciai, - in che differisce la nostra Religione da quella ortodossa?

- Differisce: che la nostra è vera e quella è falsa.

- Come si fa a riconoscere le Religioni vere da quelle false?

- Che discorsacci son codesti? delle Religioni vere non c'è che la nostra, e tutte le altre sono false.

Vidi che per questa via non si sfondava; forse nemmeno la zia sapeva di queste differenze, e cercava di cavarsela alla meno peggio; e allora la strinsi con gli argomenti un poco più da vicino.

- Ecco, stia a sentire: io ho un amico, al quale voglio molto bene; ma è ortodosso di Religione, perché suo padre e sua madre sono di quella Religione. Che colpa ha lui di essere di quella Religione? Anche se tutta la vita si conducesse come un santo da altare dovrà andare all'inferno?

- Non c'è remissione, bisogna che vada all'inferno!

Questa tagliente sentenza mi si ripercosse nell'anima come un colpo mortale.

Troncai ogni discussione con la zia, e me ne andai tutto addolorato.

Diventava per me un'idea fissa questa della salvazione dell'anima di Filli; avrei voluto essere un predicatore: avrei voluto un miracolo, pur di strapparla alle pene dell'inferno.

Quando, una di quelle sere, ero entrato a letto, e stavo ripensando ai dolorosi casi dell'anima di Filli, mi balenò una idea, una risoluzione. Spensi il lumino da notte perché *Quello che vede tutto ed è in ogni luogo,* al buio non raccapezzasse quello che fossi per fare, staccai il quadretto della Madonna che avevo a capo del letto, mi misi in ginocchio ed accostando l'immagine alla bocca, come per parlarle all'orecchio, le tenni presso a poco questo discorso:

"Madonnina mia! Voi, che siete la più ragionevole fra tutti i Santi, ascoltate benignamente la preghiera che vi faccio. Non è la mia una preghiera come tutte le altre in latino, è una mia particolare, ma che vi scongiuro di ascoltare per levarmi una gran pena dal cuore. Io conosco una fanciulla, della quale non sono innamorato, ma per la quale ho un fraterno affetto; ma, poverina, essa, incolpevolmente, essendo di Religione ortodossa, dovrà andare all'inferno; vorrei che dal vostro Figlio, che tanto vi vuol bene, otteneste che questa pena fosse risparmiata a quella innocente; o, se non si potesse fare diversamente, ottenete almeno che, se io tutta la vita mi fossi portato bene, potessi cederle il mio posto in Paradiso, ed io andare in sua vece all'inferno".

Tremavo quando facevo questa invocazione; mi pareva di vedere il diavolo che si fregasse le mani di contentezza, nella certezza di poter aggravare prima o poi l'anima mia; ma ero risoluto a questo sacrifizio, e mi pareva che non dovesse esser veduto di malocchio dalla Beatissima Vergine, perché Filli tanto bella e aggraziata sarebbe stata un più bell'ornamento in Paradiso di quello che avessi potuto esser io, tutto salti e capriole, e che avrei bene spesso pesticciate le aiuole fiorite di lassù, come di sovente m'era accaduto quaggiù, nel nostro giardino.

- Dica, zia Luigia, - le domandai la mattina dipoi, - cosa ne penserebbe Dio se uno si offrisse di andare all'inferno per un altro?

- Li manderebbe all'inferno tutti e due.

- Come? Neppure se questo cambio glielo chiedesse la Madonna o Gesù?

- Che contano a confronto della volontà di Dio?

Questa sconcertante risposta mi ripiombò nello sgomento, e tanto mi perturbò, che, lasciata la zia, riparai in camera mia, e voltandomi verso il quadretto dell'immagine della Madonna, amorevolmente la guardai senza poterle dir niente.

Con questo frastorno di pensieri intimi, le cose a scuola andavano male, anzi, malissimo addirittura.

Nonostante la mia avversione alla scuola, fino allora non ero stato fra gli scolari più scadenti; ma il guaio grave era che il maestro fosse quasi somaro quanto me! Quella scuola aveva un programma ampolloso; vi si insegnava, fra le altre cose, la filosofia e la fisica. La filosofia era la biascicatura che a tastoni faceva il maestro del trattato di logica del Tarino; quanto alla fisica, poi, era un ammasso di spropositi, che a noi alunni toccava di trangugiare.

- I corpi, - ci diceva il maestro in una delle prime lezioni di fisica, - sono aderenti alla terra unicamente per la pressione che esercita l'atmosfera sopra di essi. Se da una stanza colla macchina pneumatica si togliesse l'aria, la forza centrifuga, che nasce dalla rotazione della terra, mancando la pressione atmosferica che le fa equilibrio, tutti i mobili verrebbero spinti al soffitto.

"Che burletta, - pensavo, - da farsi a qualche ospite della villa all'Impruneta, se possedessi quella macchina pneumatica!"

- L'uomo, - diceva un'altra volta il maestro trattando dell'ottica, - percepisce, per la costruzione speciale dell'occhio, le immagini alla rovescia; è con l'abitudine, che egli vede queste immagini alla diritta; tanto vero che i selvaggi che non hanno mai visto un pallone volante la prima volta lo scorgono capovolto.

E queste massime eterodosse delle leggi fisiche mi veniva fatto di ripeterle in casa. Bene spesso non mi si prestava attenzione; ma una sera mio padre ascoltò, e mi fece ripetere quel che avevo detto; poi mi guardò con sogghigno esclamando:

- Ma chi ti ha dato a bere codesto otre di bubbole?

- Il maestro!

- Il maestro! Va' via; ci passerò da me a chiarire le cose. Chi sa che cosa avrai frainteso!

- Ti dico, che l'ha detto il maestro.

- Basta, dico, basta. Sentiremo.

Mio padre aveva detto di andare a chiedere spiegazioni; ma la cosa non mi piaceva tanto perché praticamente ormai sapevo quanto fosse giusto l'aforismo: *quieta non movere.* Chi sa mai cosa poteva nascere da questa intervista, molto più che cominciavo a dubitare di essere io che avessi potuto male intendere le lezioni, sebbene sentissi nel fondo all'orecchio ancora tali e quali le parole da lui adoperate per insegnarci queste piacevolissime accidentalità della fisica.

Venne per l'appunto in quel tempo a mio padre una lettera del maestro, che due reclami aveva da fare. Il primo: che ero divenuto trascurato nello studio, e il secondo, che il padre di un mio compagno di scuola era venuto a reclamare come io avessi fatto un commercio con suo figlio vendendogli una materia esplosiva in cambio di un piccolo giapponese di porcellana, che tentennandolo tirava fuori la lingua; e come, infine, con questa materia esplosiva il mio compagno di scuola avesse trovato modo di dar fuoco alla tenda di camera sua, con grave danno e spavento di tutta la famiglia.

A queste serie imputazioni mi sentii desolato, perché tutte erano vere, e vidi sorgermi di nuovo innanzi lo spettro di Volterra, e il relativo vestito da prete.

Quanto allo studio: non avevo fatto i compiti a casa, perché assorbito dalle questioni teologiche che riguardavano Filli; riguardo all'esplosivo le cose erano andate in questa maniera. Avevo raccontato ad un collega di scuola la bella cosa che erano i *serpenti di Faraone,* e gli avevo confidato come me ne fosse stato regalato uno, che custodivo gelosamente. Egli cominciò a domandarmi come si faceva a dar fuoco a questa portentosa composizione; poi, come era questo serpente che veniva fuori dalla fiammella, e, infine, mi chiese con insistenza che lo regalassi a lui; ma rifiutai. Sempre tornava all'assalto per persuadermi a cederglielo, e un giorno, tirando fuori una piccolissima statuetta di porcellana colorita, grossa appena come un dito indice, che tentennandola tirava fuori la lingua, mi abbordò dicendomi: - Guarda, se mi prometti di portarmi il serpente di Faraone, ti regalo questo mio balocco.

Rimasi sedotto dall'offerta, e il cambio fu fatto.

Non avrei mai supposto che quello stolto avesse poi dato fuoco alla tenda.

- Voi, - mi diceva mio padre agitando la lettera del maestro, - voi, domani non anderete a scuola; starete in camera; a scuola anderò io per voi: intanto datemi questo gingillo di porcellana, perché questo ragazzo non aveva diritto come minorenne di disporre di nulla, dato e non concesso, che non abbia sottratto dal salotto di suo padre questa cosa, che non gli apparteneva.

- Non l'ho più.

- Come non l'avete più? Cosa ne avete fatto?

A questo punto mi sentivo la voglia di dire una bugia, dicendo che il gingillo era rotto, che l'avrei cercato senza poi ritrovarlo; ma per natura le bugie mi erano repugnanti, e dichiarai che l'avevo regalato.

- A chi?

"Mio buon Gesù, Madonnina santa, soccorretemi, - dicevo dentro di me senza rispondere a mio padre, - aiutatemi voi, perché mi trovo a brutto partito; a me non pareva di aver fatto nulla di male; datemi uno di voi una mano, levatemi da questo tremendo imbarazzo".

- A chi l'avete regalato dunque quest'oggetto?

- Ad una bambina, - risposi tremante.

- E questo burattino tirava fuori la lingua?

- La tirava.

- Via a letto, - ordinò mio padre, nascondendo nella sua accigliatura un sorriso venutogli forse osservando il mio muso di scimmiotto impacciato; - domani vedrò il maestro, e decideremo per te il da farsi.

Il *tu* ed il *voi* erano in lui l'esponente barometrico dello stato d'animo benigno o severo a mio riguardo.

Se mio padre avesse insistito perché dessi a lui quel gingillo di porcellana, se avesse preteso che lo andassi a reclamare da Filli, di certo avrei preferito gettarmi giù dal balcone piuttosto che ubbidirlo.

È un fatto, che da ragazzi non si capisce gran cosa; ma anche è altrettanto vero che nessuno si dà pena speciale di farci capire. Che ci era di men che corretto in quel barattuccio fatto fra due ragazzi? All'amico era piaciuto di avere il mio *serpente di Faraone;* a me era piaciuto di accettare in compenso quell'omino di terra cotta; che differenza potevo trovare fra noi e i lodati *mercadanti* fiorentini che tanto *orrevole fama* avevano acquistata per loro e per la patria? Per l'appunto quello andò a dar fuoco alla tenda! Se questo non fosse accaduto, tutto questo sottosopra si sarebbe evitato.

Ero tanto contento di aver fatto a Filli quel presente del giapponesino che metteva fuori la lingua, ella ci aveva tanto riso a vederlo, mi aveva sfavillati gli occhi di gratitudine quando glielo offersi; era stato tutto questo per me un ineffabile piacere, che dovei poi pagare sgomentato a misura di carbone, per colpa di quel disadatto che fece il falò della tenda di camera sua.

E non mi mancarono le punzecchiature scherzevoli dello zio Cesare. A come si erano messe le cose in famiglia, sembrava che in quel cambio avessi fatta una strozzatura all'amico, e lo zio Cesare, parlandomi a naso stretto, mi diceva: "*Ggioia bbella*, vuoi fare un buon affare?" oppure: "Dimmi, Isacchino, ghinea ce ne hai? Il passetto dove l'hai messo?", e cosí via.

Molte volte succede di vedere l'avvenire nero, di essere in grandi preoccupazioni per quello che ci sovrasta, e poi niente succede; tutto quello che ci angustiava si risolve in niente, come nebbia che si sia scambiata per temporale. Quella gita di mio padre dal maestro mi faceva palpitare sulle conseguenze, che non arrivavo neppure a prevedere. Sapevo che il torto sarebbe stato il mio, che dispiaceri non me ne sarebbero mancati, e mi consideravo ormai come una povera lepre, che tutte a lei riescono contrarie, sia che vada al monte, come al piano, all'orto come al bosco, stia ferma o corra; ma invece le cose si ebbero un esito benevolo quanto imprevoluto.

- Sai? - mi disse la sera dopo mio padre, - a scuola non tornerai; quanto prima andiamo in villa, e a novembre andrai alle Scuole Pie; in questo frattempo ti farà lezione tua madre; così abbiamo combinato.

Hum! che sia successo? riflettevo, ma questa è la libertà, è la vita, almeno per un po' di tempo!

Andai a raccontare a mio fratello e a mio cugino l'avvenimento che io non andavo più a scuola, ed essi guardandomi con invidia, mi chiesero notizia sulla via che avevo tenuto per ottenere un così splendido resultato, volendo tentarne anche essi l'esperimento; ma siccome non avevo capito niente di questo miracolo, non potei metterli sulla buona strada, molto più che essi andavano ad un'altra scuola.

La Teresa mi confidò che a mia madre mio padre aveva raccontato di aver dato della bestia al maestro, e che per questo non mi poteva più mandare a quella scuola.

- Dunque avevo ragione io! - mi dissi; - non ero io la zucca dura che non capivo! Meno male che, come premio, mi son piovuti questi dolci ozî come dal cielo.

III

- Guardi, guardi, signorino, lì in piazza vi è il suo amico con la sua bella sorellina che guardano il cielo con un canocchiale.

Così mi disse un dopo pranzo la Teresa, che era andata a chiudere la persiana di sala.

Corsi a vedere, era vero. Ora una ora l'altro, passandosi un canocchiale, guardavano in su e rimanevano estatici. Guardai in qua e là nel cielo, non vidi niente d'insolito che meritasse l'uso speciale del canocchiale, per cui la curiosità viva mi punse di sapere cosa fosse lo scopo di tanta attenzione verso il cielo e, ottenuto il permesso da mia madre, corsi in piazza a raggiungerli.

- Guarda, - mi disse Filli, con la sua voce d'argento, - metti questo tubo all'occhio e vedrai che cosa ha regalato babbo a Giacomo. A me ha comprato una scatola di tinte a tubetti perché dipingo i fiori.

Il canocchiale era un bel *caleidoscopio*, ed assai voluminoso. Avevo avuti in mia vita molti gingilli e balocchi in regalo; ma una cosa come quella non l'avevo mai veduta, e tutta quella festa di colori, che cambia ad ogni istante dentro quel tubo, mi piacque molto, e se non fossi stato bene educato mi sarei goduto per me solo quell'attraente spettacolo.

Quando restituii il tubo a Giacomo, Filli mi domandò che ora fosse.

- Senti, battono le ore in questo momento a Palazzo Vecchio.

Filli ascoltò con premura il numero dei tócchi dell'orologio e quindi voltasi a Giacomo gli disse:

- Va' a casa; tu devi prendere la medicina; tu vai e torni subito. Lascia a noi il balocco, ti aspettiamo qui.

Presi il tubo dalla mano di Giacomo che si allontanò a passo lento verso casa sua, e io e Filli ci sedemmo sopra una panchina.

- Sai, - mi disse Filli rompendo il silenzio, - babbo e mamma hanno detto che sei molto bello, e che hai una faccia molto intelligente.

Questo discorso, che non mi aspettavo affatto, mi turbò assai. Avrei voluto rispondere come aveva risposto a me quando le narrai l'opinione di mia madre a suo riguardo, ma a dirle: "A te che pare?" era lo stesso che spianare la via a dichiarazioni che non volevo, e non le volevo perché erano per me l'ignoto, del quale avevo paura più che del buio, e credei di cavarmela rispondendole con una frase banale.

- Tutti gli uomini son belli, così almeno ho sentito dire.

- Ma non belli come te, - rispose a colpo Filli.

La cosa si complicava. Mi sentivo come un pulcino nella stoppa, non sapevo scegliere un contegno, mi ci sarebbe voluto un'ora di concentramento per trovare la parola giusta e corretta per il caso in cui mi trovavo, e non seppi far altro che portare il caleidoscopio all'occhio con mossa rapida, che mi serviva ad ombrare il viso di imbecille, che sentivo di avere.

Filli taceva, io pure. Ma non si poteva durare all'infinito, specialmente per me, che stavo guardando senza vedere nel foro dello strumento.

"Come si fa a tornare nel mondo? - dicevo a me stesso, mentre giravo il caleidoscopio. - Come si può finire degnamente questa conversazione con Filli?" - Tu vedessi, Filli, ora che bellezza di combinazione di colori! Avrei piacere tu potessi vedere. Come si può fare?

- Tieni fermo fermo il tubo, e lo passi piano piano a me.

- Allora vieni da sinistra.

Io tenevo fermo il tubo all'occhio, mentre Filli cautamente si avvicinava; quando fu presso alla mia guancia, e ne sentivo l'alito, mi dette un bacio!

Stolzai come se fossi stato toccato da un bottone di fuoco.

Se fossi stato un cane, tanta fu per me la sorpresa lì sul momento, son certo mi sarebbe inconscientemente scappato di dare un morso a Filli. Di lampo la guardai con occhio torvo come se si fosse presa con me una confidenza sguaiata; ma vedendola sorridente, tranquilla, che mi guardava con quelle sue stelle saettanti, abborracciai ancora io un sogghigno sghimbescio, e per arrivare più presto in fondo ad una situazione per me disorientata, tornai in fretta a guardare nel foro del caleidoscopio.

- Mi hai data, - le dissi gorgogliando la frase,– una piccola scossa al braccio e la bella figura si è disciolta. Ancora vedo bello, ma non come or ora.

- O fai vedere anche a me se vedi bello.

Non sapevo come fare a riguardarla ancora in faccia, dentro di me formicolava un brivido come occorre di provare a quell'età, quando si è avuto spavento, o si è corso un pericolo, e nel punto, sullo zigomo della gota sinistra, me lo ricordo ancora, dove Filli mi aveva baciato, sentivo quella impressione che dà l'esser toccati da una medusa marina. Arrivò Giacomo a togliermi d'imbarazzo, molto più che portava l'ordine di sua madre: che Filli andasse a casa perché doveva rivestirsi per una visita.

Sebbene sempre un po' impacciato, avevo ripreso lena, e mi accompagnai con loro fino alla cantonata. Pareva che Filli non ricordasse nemmeno quello che tra noi era accaduto. Quando fummo al momento di separarci, mentre rendevo il caleidoscopio a Giacomo e lo ringraziavo del piacere che con quel balocco mi aveva procurato, Filli mi domandò:

- Non vuoi punto bene a Giacomo? egli te ne vuole molto.

- Sicuro che gli voglio bene a Giacomo, - e in così dire gli strinsi la mano.

- E a me non vuoi punto bene?

- Tanto, - risposi, - tanto.

E le gambe mi trinquellarono sotto per l'emozione; feci una riverenza a tutt'e due; mi levai il cappello per salutare e quindi presi la via quasi barcollando, e tutto stralunato entrai in casa mia.

Mia madre e mio fratello erano al terrazzo, e mi pareva che avessero dovuto vedere di lassù tutto quello che mi era occorso; ma quando fui presso di loro su ciò mi tranquillizzai, poiché nessuno di essi si occupò di me in modo sospetto.

Andai a guardarmi allo specchio, perché mi si era fitta in mente l'idea che si dovesse vedere l'impronta del bacio di Filli. Non si vedeva niente, ma pure ripensando a quel bacio sentivo in me una piacevolezza, che mi ricordava alla lontana quella dolce impressione già provata qualche volta, quando tutto infreddolito avevo cominciato a riavermi in un letto ben riscaldato.

- O che sia questo? - mi domandavo. - O che il bacio di una bambina bella è come il morso di un can guasto, che si risente dopo? Che io sia innamorato!? Ma i ragazzi, che sappia, non s'innamorano.

Caso volle che la sera la conversazione cadesse su Dante Alighieri. Lo zio Cesare diceva:

- Non ho trovato una cosa più noiosa della *Divina Commedia*. Che seccatura! E, sapete? me la sono per punto d'impegno ingozzata per due volte in vita mia, e tutta intiera; ma al terzo esperimento ho dovuto rinunziare perché dopo l'ultima lettura mi si sparse il fiele, ed ebbi da fare una cura per rimettermi.

Lo zio Niccolò, invece, faceva di Dante grandi elogi.

- Capisco, - diceva, - che la *Divina Commedia* non è cosa che si possa leggere giù giù, via via, come un giornale, ma facendoci uno studio speciale, e consultando i commentatori si arriva ad apprezzarne il merito.

- Pensala come vuoi, - ripeteva lo zio Cesare, ma Dante, anche come persona, doveva essere stato un tipo poco simpatico. È un fatto che lo mandarono in esilio, ed alla corte di Can Grande della Scala, per levarselo d'attorno, presero a fargli le burlette forandogli il vaso da notte, e a tavola, sotto i suoi piedi, gli ammucchiarono le ossa di tutto il pranzo per dargli rinfaccio di quel che mangiava.

- Ma la sgarberia di un ospite, - faceva osservare lo zio Niccolò, - l'apponi a lui?

- A me ne basta una per rappresentarmelo come un legno torto, - insiste lo zio Cesare, - ed è quella, che a nove anni s'innamorò di Beatrice.

- Mamma mia! - dissi dentro di me con il cuore in grinze. - Che tutto questo rigiro su Dante sia stato messo su per dare di traverso una bottata a me? Questi zii li conosco!

Mi ero ingannato; l'argomento continuò ancora, poi adagio adagio si spense senza che nessuno, neppur una volta, guardasse dalla mia parte. Una cosa sola di questa discussione dantesca mi contristò; e fu la notizia da me appresa che a nove anni i ragazzi si possono innamorare, ed io per l'appunto sentivo per Filli un tale non so che, da me in tutta la vita fin allora trascorsa non mai provato.

A pranzo non mangiai quasi niente, cosa insolita, e per di più, cosa ancora più grave e fino allora mai vista, non avevo finito la mia porzione di panna coi cialdoni. Questo fatto concentrò su di me l'attenzione di mio padre, che rivolgendosi a mia madre al lato della quale sedevo a mensa, le disse con preoccupazione:

- Quel ragazzo semina i frasconi; non ha mangiato quasi nulla e poi ha il viso di susina acerba. Guardagli un po' la lingua. Deve aver fatta una strippata di giuggiole.

- Dopo che uno ha mangiato, la lingua non dà nessun segnale per l'indigestione, - intervenne a dire lo zio Niccolò, che era il quasi medico fra noi.

- E allora, senz'altro indagare, - riprese mio padre, - domattina gli si dia un'oncia d'olio di ricino.

La discussione non mi era concessa, e l'olio di ricino la sera stessa fu subito pronto, per andare in uso la mattina di poi.

Quando andai a letto avevo fame, non mi riusciva di addormentarmi, e andavo perdendomi in fantasie e riflessioni.

"Sono innamorato davvero! - pensavo, - sento che vorrei poter dare anche io un bacio sulla gota di Filli, come l'ha dato a me. Non **c'è** che dire, lo riconosco, sono innamorato!"

E lì, dando una sbrigliata alla fantasia, vedevo la notte alta, un bel lume di luna, mi figuravo di essere in mezzo alla strada in via Barbano sotto la finestra di Filli, ma nel mezzo per evitare la catinellata d'acqua, e di cantarle con una bella voce bianca una romanza d'amore, accompagnandomi con la chitarra.

"Sento desiderio della chitarra, - riassumevo in me, - dunque ci siamo! Non c'è più dubbio, queste dissennatezze non si pensano altro che dagli innamorati. Ma che potrei dire a Filli con la voce bianca accompagnata dalla chitarra? Ci vorrebbe una romanza, e fatta in poesia. E come si fanno le poesie? mi manca il metodo, non ho la ricetta per fare le poesie; bisognerebbe che me la facessi insegnare dallo zio Níccolò, che le sa fare; ma chi si attenta a ciò, col rischio di fare scuoprire il mio malanno? Se fosse una cosa facile, tutti farebbero poesie, mentre un poeta è portato alle stelle. Se fosse poesia a scrivere, sotto, un verso più corto o più lungo dell'altro sopra, non ne farebbero tanto caso di questo; ci deve essere qualche segreto che ho in me, ma che non arrivo ad afferrare a modo. *O mia Filli, o mio bel foco.* Questo deve essere un verso, lo sento, ma non so il perché".

E in questi vaneggiamenti mi addormentai con le budella vuote in borborismo.

La mattina ci fu battaglia con la Teresa, perché volevo da mangiare, e rifiutai l'olio di ricino. Mi difendevo dicendo che chi ha fame non ha imbarazzo di stomaco, né bisogno di purgarsi, e quasi l'avevo convinta alla mia tesi; ma essa, prima di assumersi una responsabilità, essendo assente mio padre, volle andare dallo zio Niccolò a chiedere consiglio. La Teresa tornò accompagnata dallo zio, il quale decise che dovessi prender l'olio, perché era cosa notoria che l'indigestione il più delle volte è caratterizzata, diceva lui, da una falsa fame. Ed il sacrifìzio dové compiersi, il primo e serio sacrifìzio all'amore; ebbi ad ingoiare l'olio.

Mi ardeva il desiderio di restituire il bacio a Filli, ma un dubbio, un atroce dubbio mi teneva agitato. Avevo sentito dire, mi era ronzato agli orecchi, che ci sono degli uomini che mettono in mezzo le donne, ed io non conoscendo i particolari di questi inganni, temevo che seguendo questo impulso, mi andassi avviando proprio sulla cattiva via, ed avrei piuttosto incontrato qualunque sacrifizio, di quello che rendermi colpevole a riguardo di quella povera Filli, ormai diventata il mio pensiero fisso ed intenso.

IV

Quando mia madre la mattina si faceva pettinare, qualche volta mi sedevo sopra un piccolo panchetto presso di lei, e prendendole i lunghi capelli neri che toccavano terra, mi divertivo a scoscendere la forca che suol fare il capello lungo; ed in questo tempo, mentre Teresa passava il pettine alla sua capigliatura, facevo conversazione con mia madre, ponendola bene spesso in gravi imbarazzi per rispondere agli argomenti che le proponevo.

Quella mattina aspettai di proposito che la Teresa se ne fosse andata, e poi buttai là questa domanda:

- Se Dio voleva che non ci fossero altre Religioni, perché fa nascere i figli anche dai matrimoni contratti con le false Religioni?

- Senti, stamani ho poca voglia di discorrere, - rispose mia madre un poco imbarazzata. - Una volta che i figliuoli nascono anche a quel modo, è segno che questa è la volontà di Dio. Non ti par chiara la cosa?

- O senza punti matrimoni i figliuoli possono nascere?

- Senti, Micio, se non ti levi d'attorno, peggio per te, - mi rispose un po' contrariata. - Questi sono argomenti che non ti devono interessare. È una noia avere un ragazzo verboso ed entrante come te.

- Domandavo questo, perché avevo curiosità di sapere come aveva potuto fare la balia, che ha preso la zia Maddalena, a fare un bambino senza aver marito?

- Dunque sei maligno? Chi ti ha detto questo?

- C'ero presente quando la procaccina di balie diceva alla zia: prenda questa che è ragazza. È un buon carattere, e così non avrà la seccatura del balio per casa, e spenderà meno. Fu messa in mezzo da un birbante con la promessa di sposarla, e poi fu scoperto che aveva già moglie; ma creda è una buona figliuola.

- Tante volte la gente discorre senza badare ai ragazzi! Ma tutto questo discorso che ti riguarda? Micio, che t'interessa?

- È perché volevo sapere come si fa per fare i figliuoli. Una volta che anche te li hai fatti, dev'essere una cosa da persone per bene.

Ormai nell'argomento ero entrato sotto misura, come si dice in linguaggio schermistico, ed era un po' difficile a mia madre cavarsela con prudenza, e senza destarmi sospetti, e le convenne torto collo continuare il tema di conversazione da me proposto.

- Questo lo saprai meglio quando prenderai moglie. C'è tempo! Ma poi, se ti preme saperlo, purché tu non lo racconti a nessuno, te lo dico in confidenza, perché ai ragazzi fa torto sapere certe cose. Quando un uomo ed una donna sono innamorati, e si baciano, molte volte, non sempre però, un figliuolo è di conseguenza.

Con questa trovata mia madre credeva finalmente di essere arrivata al punto fermo della conversazione; ma s'ingannava, non sapendo quale fosse lo scopo della mia inquisizione. E continuai:

- E allora, perché vuoi ch'io dia un bacio alle mie cugine quando vengono a farci visita?

- Perché né te né loro di certo siete innamorati. Ma ora basta; delle stupidaggini ne hai dette abbastanza, e me ne hai fatte dire più che a sufficienza. Vattene! Voglio finire di vestirmi.

Mi prese per mano, mi accompagnò alla porta e mi mise fuori di camera.

"Dunque, - rimuginavo fra me, - non sbagliavo nell'esser prudente con Filli. Guardate un po' a che rischio si era messa con me quella povera creatura per la sua innocenza! Fortuna che io sono riflessivo, e qualche cosa sapevo, sebbene in confusione, altrimenti chissà a quali conseguenze esponevo lei e me. V'era il caso di vedere qualche giorno il padre di lei venire infuriato a cercare di mio padre, e allora altro che Volterra! Solamente a pensarci mi si accappona la pelle. Ci si può immaginare lo scandalo che sarebbe successo, il diavolerio e le canzonature degli zii, se avessi messo un figliuolo al mondo! Meno male che fui prudente, e lo sarò. Però sarebbe stato per me un bel balocco avere un figliuolo proprio vero di carne e ossa; l'avrei condotto alla villa dell'Impruneta, gli avrei insegnato come si fa nei ruscelli a cavare i granchi dalle buche senza farsi mordere, lo avrei istruito a salire sulle piante per cogliere le frutta, e poiché sarebbe mio, quando fosse stato cattivo, l'avrei frustato. Ma non ci facciamo prendere da fantasie, è meglio, molto meglio non trovarsi a queste cose".

Si mise in quel tempo una insistente stagione, piovosa e temporalesca, che impediva a me e a Filli di incontrarci in Piazza. Mi studiavo di vederla in giardino; ma le vetrate delle sue finestre erano chiuse, e le tende m'impedivano di spingere l'occhio dentro le sue stanze; correvo alla finestra del terrazzo nella speranza che passasse di là, ma conveniva che aprissi la vetrata, e allora gli usci, a causa del vento, sbattevano e tutti correvano a vedere chi fosse stato il disordinato che apriva la finestra a quei temporali.

E quanto più stavo senza vedere Filli, e tanto più nasceva in me l'agitazione e il pensiero di lei.

Ero molto contento perché mi avevano fatto un vestito nuovo dal sarto, coi calzoni lunghi. Fino allora ero stato vestito dalla sarta, e feci molta festa ai calzoni lunghi, perché, con quell'indumento più virile, sembravami più scusabile e proporzionata l'accidentalità d'innamorato, che ormai, anche davanti a me stesso, avevo accettata.

Il vestito l'aveva scelto mio padre, e la forma pure, e tutto andava bene; ma il cappello l'aveva comprato mia madre, che in fatto di vestiario mascolino fu sempre arcaica. Era un cappello che, alla lontana, sebbene spianato di tesa, ricordava quello dei preti francesi.

Quando fu fatta la prova generale di questo vestito e del cappello, lo zio Cesare, che mi vide, subito mi disse:

- Oh! ecco *pinferi* in calzoni. Con codesto cappello sembri un dispensatore di Bibbie.

Mi andai da solo a guardare allo specchio, e trovai che tutto l'insieme mi dava un'aria distinta; solamente il cappello mi procurava dell'imbarazzo per dargli una posa conveniente ed estetica; e gira, rigira, trovai che il miglior modo era di tenerlo un po' inclinato sulle orecchie, sulle *ventitré,* come si diceva allora.

Quando mia madre mi vide, la prima cosa che mi disse fu:

- Guarda come si è accomodato il cappello! Pare un giornalista!

A quei tempi, per quanto nuovi e di libertà, ancora la fama dei giornalisti non era stata messa in tutto il meritato onore. Non volendo che anche Filli, quando mi avesse veduto, mi prendesse per un giornalista, misi il cappello in capo facendolo pendere davanti sugli occhi.

- Come porti il cappello? - esclamò mio padre quando mi vide. - Coi calzoni lunghi e col cappello sul naso ti prenderanno per il Signor Caterina.

Non so chi fosse questo Signor Caterina; doveva essere un ridicolo dell'epoca. A me il ridicolo metteva terrore, e per evitarlo tirai il cappello in su, lasciandomi la fronte quasi scoperta.

- Guarda, c'è Cipistione! - disse lo zio Guglielmo quando mi vide col cappello all'indietro.

Cipistione era il soprannome di un tale di buona famiglia, conosciutissimo in Firenze, ma che aveva il vizio di ubriacarsi, e quando si trovava in quelle condizioni portava il cappello sulla nuca. Mi ricordo che una volta questo Cipistione si giustificava per la via con mio padre di questo suo difetto d'ubriacarsi, sostenendo che non era il vino che pregiudicava, ma i latticini. Egli diceva: "Se vo a un pranzo, basta che ci sia un po' di crema, un dolce colla panna, mi fa subito male, e tanto, da dovermi riportare a casa come se fossi ubriaco".

- Bevi meno crema e meno panna, allora, - gli consigliò mio padre.

- Che vuoi?! Se non si gradisse quello che viene offerto ad un pranzo, è atto di scortesia.

Dunque neppure il cappello all'indietro, per non essere confuso con Cipistione. E allora come si mette?

Andai da mia madre perché, come artista, trovasse lei il punto più estetico per tenere questo cappello. Me lo mise in piano sulla testa, si tirò due o tre passi indietro come se guardasse gli effetti delle ultime pennellate di un quadro, e poi disse:

- Va'! Puoi andare, così stai bene; sembri un inglese.

Incontrai lo zio Niccolò che tornava di fuori, e appena mi vide il cappello in capo si mise in silenzio a fissarlo; e poi:

- Va' piano sai, se no versi ogni cosa.

- Che cosa verso?

- Pari un manovale che porti su per la scala a piuoli un vassoio di calcina. Come si fa a non sapersi mettere un cappello?

Bisognò che mi adattassi a mettere il cappello come andava andava, per farla finita, non essendo possibile dargli altre inclinazioni, né altri piani. Mi rincresceva di non poter esser sicuro di questa posizione del cappello, perché volevo comparire davanti a Filli in modo che tutto le facesse impressione, e io me ne potessi compiacere; ma fu necessità accettare la cosa come era, sperando che il caso avesse da supplire all'insuccesso di tante esperienze.

Tornò il tempo buono, ed insieme le speranze d'incontrarmi con Filli; ed un giorno, che dalla finestra terrena l'avevo vista in piazza, ottenni il permesso d'uscire. Vestii l'abito nuovo, misi il famoso cappello, e scesi in giardino per cogliere una cardenia, che nascosi in tasca, per metterla all'occhiello quando avessi tirato dietro a me il cancello, e dopo speculato bene avanti d'uscire che non fossi per incontrarmi con nessuno di casa.

Comparvi sulla piazza colla cardenia all'occhiello. Camminavo un poco impacciato perché i calzoni lunghi, ai quali non ero abituato, allegavano colle mutande, e un po' perché ero in emozione per rivedere Filli.

Filli, che saltava la corda secondo il solito, mi veniva incontro senza riconoscermi; perciò mi fermai, e quando mi fu dappresso, piena di sorpresa, lasciò andare la corda in terra e corse per abbracciarmi.

Specialmente perché chiuso in quel nuovo astuccio di vestito, ricordo che al primo incontro fuor d'ogni mia volontà, fui molto freddo verso di lei; e più specialmente perché dubitai che le pigliasse di nuovo la fantasia di darmi un bacio. Ormai sapevo quali paurose conseguenze poteva avere il fatto. Le presi tutt'e due le mani in silenzio, glie le strinsi forte, e bevvi dagli occhi suoi la dolcezza che ne fluiva.

- Come stai bene vestito da uomo! sei ammirabile. Guarda! Mi hai anche portato un fiore e questo mi fa piacere, perché questa notte ti ho sognato, e mi pareva che tu mi empissi il grembo di rose.

Mi rincrebbe che fosse un solo fiore quello che le offrivo. Avrei voluto avere tante rose, ma di quella stagione le rose nel nostro giardino non fiorivano; del resto, sarei andato a saccheggiarlo per portargliene.

- Fai bella figura, vestito da uomo, - riprese, dopo essersi appuntata la cardenia sul petto. - Mi sembri Byron.

Non sapevo chi fosse questo Byron. Avevo paura che si trattasse di un Cipistione o d'un Signor Caterina dei suoi paesi, perciò pieno di diffidenza le domandai:

- E chi è questo Byron?

- Un bellissimo uomo, un poeta inglese, che tanto ha fatto per la patria mia. A casa ne abbiamo il ritratto; ti farò vedere come ti somiglia.

"Meno male, - pensai. - Vuol dire che ho il cappello in piano, perché mia madre lo ha detto quando si facevano le prove, che sembravo un inglese".

- Mi hai portato un fiore; sapevi allora che era la mia festa? Stasera alle sei finisco nove anni.

- Non lo sapevo, e mi rincresce di non averlo saputo; ti avrei portati molti fiori -. "Li avrei rubati in giardino come la cardenia", pensavo fra me.

- Ma vieni con me... - disse Filli prendendomi per mano. - Vedi là? a sedere sulla panchina vi è la madre mia con Giacomo, essa ti vuol dire una cosa. Si stava qui a farti la posta.

"Che mi vorrà dire? - riflettevo fra me. - Con questi padri, con queste madri sempre per i mezzi, i momenti di gioia, che godo della presenza di Filli, restan sempre brevi e oscurati dall'ansia".

La madre di Filli mi salutò con un grazioso sorriso, e volle che sedessi accanto a lei, mentre Filli stava in piedi davanti a noi.

- Stasera Filli finisce l'anno alle sei, e in quell'ora noi beviamo alla sua salute un bicchiere di *champagne* e mangiamo dei dolci; e siccome essa mi dice che tu le sei grande amico, ti invitiamo a venire a casa nostra. Possiamo contare sulla tua presenza?

- Grazie, signora; farò di tutto per esserci; ma occorre che ottenga il permesso dei miei, - risposi un poco timidamente.

- Va', se credi, a chiedere subito questa licenza; anche il padre di Filli ha tanta simpatia per te; sarebbe per lui una contentezza che tu ci fossi.

Mi alzai un po' soprapensiero, salutai la signora, e a passi lenti, con Filli accanto, mi avviai verso casa.

- Tu verrai? dimmi che verrai; sii compiacente con me, che ti voglio tanto bene.

A questo punto buttai da parte ogni retropensiero e con l'energia d'un uomo, di cui non mi credevo capace, le risposi:

- Ma ancora io ti voglio tanto bene, e tanto più di quello che tu possa supporre. Non ho altro pensiero che di te; tu mi hai presa l'anima intiera; ma penso con dolore che mentre tanti, che son più grandi di noi, hanno delle speranze nei loro affetti, la nostra minuscola età non ce ne consente alcuna.

A questo mio discorso, o presso a poco di discorso, che per la prima volta apriva l'animo mio a Filli senza veli e senza reticenze, essa si mise a piangere. Io mi fermai, la guardai e mi avvidi che non dalla cantonata dell'occhio scendevano le lacrime, ma in assidua fonticina sgorgavano dalla metà della palpebra, e pensai che quella diversa scaturigine del pianto, dovesse essere una caratteristica speciale greca.

- Ma Filli, Filli mia, non piangere; mi par di non averti detto cose, che ti dovessero portare fino a codesto. Non piangere, perché se fai piangere anche me, nel dolore non so essere garbato e carino come te; quando piango io bercio più forte d'un asino che raglia, e allora correrà tua madre, correranno quelli di casa mia; come si giustificherebbe poi questo tumulto?

Entrò Filli nell'atrio di casa mia, le asciugai le lacrime colla pezzuola; non la baciai, benché mi ci sentissi spinto; però la strinsi al petto un secondo minuto, e poi le dissi:

- Vedrai che stasera verrò da te.

- Giuramelo.

In vita mia promettere è stato sempre come giurare, ma in quella circostanza, fuori di me dall'emozione, non rifuggii dalla solennità del giuramento, e quando ci lasciammo le ripetei:

- Ho giurato che verrò, e puoi contare che qualunque cosa mi possa accadere, prima delle sei sarò a casa tua; ma tu mi devi promettere di non piangere più, perché le tue lacrime mi fanno pena quanto e più se vedessi un poverello morire di fame. Io non ritorno in piazza; aspettami a casa tua alle sei; fin d'ora puoi dire a tua madre, che ho ottenuto il permesso.

Il bel gesto l'avevo fatto, con Filli. Alla volata mi ero slanciato; ma ora il momento serio era quello di chiedere e anche di ottenere questo permesso. Vi era l'abitudine in casa che, se le persone non si conoscevano per relazione, la prevenzione era contro, e non si dovevano frequentare. Le famiglie senza eccezione dovevano essere del primo cerchio delle mura di Firenze, oppure che avessero avuto un antenato alla prima crociata; la seconda crociata cominciava ad esser sospetta; figuriamoci poi la famiglia di Filli, che erano degli stranieri di chi sa dove, e non si poteva sapere a far che venuti a Firenze. E poi, è un'abitudine ormai inveterata nella disciplina di tutte le famiglie, il negare tutto ai ragazzi, anche le cose più futili e innocenti, per solo sfoggio di autorità.

Domandai se mio padre era in casa, e mi fu risposto che era fuori. Chiesi a Teresa dove fosse mia madre, e mi disse che dipingeva.

- A quest'ora?

- Sono le quattro e tre quarti, che ora crede che sia?

Un'ora e un quarto alle sei; mi restava ancora del tempo per riflettere. Ma il guaio si era che se andavo da me, e mia madre mi avesse negato di uscire, mi sarebbe mancato dopo l'animo a risoluzioni energiche; perciò misi a parte mio fratello Aldo e mio cugino Carlo dell'invito avuto, e incaricai loro di andare a domandare per me questo permesso a mia madre.

Essi, pieni di buona volontà, andarono, ed io li attendevo col cuore in palpitazione, giù al pian terreno.

Stettero tanto a ritornare, che mi parve un secolo; finalmente eccoli di ritorno, e mio fratello Aldo mi riportò la risposta, che non mi dava molto da sperare.

- Ha detto mamma che tu salga su da te, perché non ha capito niente.

Li avrei presi tutt e due a scappellotti.

- Che cosa gli avete detto?

- Questo, questo e questo.

- E allora come ha fatto a non capire?

Infilai la scala, e pieno di ardire mi presentai a mia madre, lasciando che essa parlasse per la prima.

- Ci sono stati qui Aldo e Carlo a dire che stasera sei invitato a cena fuori.

- Ma non ho detto a cena! Ho detto che sono stato invitato a mangiare dei dolci qui in via Barbano alle sei, per il compleanno di uno dei miei piccoli amici.

- Sia pure come tu dici; ma l'ora è tarda, e poi senza il consenso di tuo padre io non mi sento l'autorità di mandarti in case che non conosciamo. Va' a spogliarti, caro, sarà meglio.

Rimasi di ghiaccio. Guardai l'orologio sul caminetto; segnava le cinque e venticinque; ero lì muto e senza decisioni, quando mia madre, leggendomi in volto lo sconforto, seguitò:

- Se tornasse tuo padre, perorerei io per farti ottenere quello che chiedi; ma per l'appunto ha detto che stasera non si aspettasse a pranzo, perché avrebbe tardato.

Vedevo che a mia madre doleva di darmi quel rifiuto; ma questo non era quello che mi premesse; onde, repentino girai sul tacco e me ne venni; ed essa, dubitando dal mio contegno di un atto di ribellione, chiamò Teresa, perché, senza che apparisse, sorvegliasse l'uscita di casa; ed io di questa sorveglianza mi accorsi. Guardai ancora un orologio; segnava venti minuti alle sei! A questo punto chiamai mio fratello e mio cugino; li condussi in giardino e dissi loro:

- Ho detto di andare e vado. Dalla porta di strada non si passa perché vi è la Teresa a far la ronda; alla scuderia su via delle Officine, ho visto, la porta è chiusa a chiave; ma io voglio andare, anche se dovessi passare su delle sbarre arroventate. Ho immaginata una via, che nessuno poteva supporre; in mia assenza voi fate per me quello che potete, mi raccomando, e vi sarò riconoscente.

E così dicendo, lasciandoli tutt'e due a bocca aperta a guardarmi, mi arrampicai sopra un leccio del giardino dalla parte del Philipson, montai sul muro, e agguantato un altro albero dalla parte di là, mi lasciai scivolare nel giardino, che, senza esser visto, traversai di corsa. Con la stessa manovra arrivai ad arrampicarmi sul muro del giardino di Filli, e di li, non essendoci alberi, con un salto fui a terra, andando subito a battere ai vetri di quella finestra lunga, che tante volte avevo mirato dalla camera mia.

Fu una festa il mio arrivo; mancavano soli cinque minuti alle sei.

Anche il padre di Filli disse in sua favella un monte di cose per congratularsi con me, e capivo come desiderasse che il suo Giacomo fosse svelto come lo ero io.

Quando ci fummo accomodati in circolo, la bottiglia di *champagne* fu stappata, e allo scocco delle sei toccammo i bicchieri, e bevemmo alla salute di Filli, facendole ognuno i più festosi auguri. Quei brevi momenti per me furono una felicità tale, che non li ho mai dimenticati, e, socchiudendo gli occhi, rivedo la stanza, il colore cilestrino delle pareti, la tavola tonda, i cristallami, e tutto mi risorge come mi si trovasse davanti. E quei brevi momenti li godetti da vero filosofo; perché se, invece della burrasca che mi si preparava a casa, fosse stato lì fuori dell'uscio il boia pronto a mozzarmi la testa, non sarebbe riuscito a fare ombra al gaudio dell'animo mio per aver mantenuta la promessa fatta a Filli, e per trovarmi con lei, in casa sua, in mezzo ai suoi, che tanto mi festeggiavano.

Volevo sollecitare la mia partenza e ritornare per le vie d'onde ero venuto, sperando di fare in tempo, e rientrare in giardino prima dell'ora di pranzo; ma un poco Filli, un po' quell'altro, fatto si fu che, non sapendomi schermire, attardai, e tanto, che era già scuro. Vi era di più, che lo *champagne* mi aveva messo un certo arzillo dentro di me, da non aver paura in quel momento di tener testa a mio padre se avesse avuto, ora che avevo i pantaloni lunghi, l'idea di frustarmi.

Un guaio serio era avvenuto e serio davvero; nel saltare il muro di Filli avevo sentito certo che, il quale mi aveva leggermente trattenuto nello slancio, e doveva essere un arpione confitto nel muro che, agganciando i calzoni, me li aveva strappati per la lunghezza di un palmo in sul di dietro.

"Vai per uno, vai per cento, - dissi a me, - lo strappo si rammenda. Altro che di questo ci sarà da discutere a casa".

Quando potei venir via, mi obbligarono a passare dall'uscio di strada, e alla svolta della cantonata, come ebbi in vista casa mia, le cose di già le vedevo con meno arroganza di poco prima; la realtà s'imponeva, e la paura tornò in me a far capolino.

Alla porta vi erano tre somare che tutte le sere venivano a portare il latte alla zia Luigia. "Dunque, pensai, - trovo aperto", e subito infilai il portone.

Il ciucaio, all'uscio di servizio, riscuoteva dal servitore il prezzo del latte e io, fuggiasco come una talpa, sgusciai in casa per di mezzo a loro.

- Eccolo, eccolo è tornato il signorino! - si mise a urlare Leopoldo. - Teresa, lo dica alla Signora, che non stia in pena, il signorino è rientrato in casa.

Invece di andare al primo piano, mi rifugiai nei sottosuoli per aver notizia di come si mettevano le cose, ma il cuoco non sapeva nulla; il tinello era vuoto, sebbene il lume vi fosse sempre acceso. Allora volai alla scaletta segreta che di giù metteva al quartiere del nonno; ma, anche lì, silenzio. Vidi però, che nel salotto rifletteva il lume di camera sua e ne arguii che il nonno vi fosse. In punta di piedi, senza fare il menomo rumore, dal buio guardai nella stanza e vidi il nonno in poltrona che scriveva, tenendo grossi mucchi d'argento davanti a sé.

Stavo per tornarmene indietro, quando sentii aprire in distanza un uscio, e la voce di mio padre che tutto infuriato mi cercava.

- Dove è questa canaglia? Dove s'è cacciato? Più presto ha da cominciare con le donne! Se l'agguanto, lo castro come un gatto.

Non avevo ben chiara l'idea della castratura, ma mi bastava quella che conoscevo fatta ai marroni da farne *bruciate,* per mettermi in sgomento; e siccome mi pareva, dal tono della voce, che mio padre fosse in grande furia davvero, non sapendo come scampare al pericolo, mi misi carponi e, strusciando come un serpe, dietro alla poltrona del nonno che era un po' sordo, infilai sotto il suo letto, senza che mi vedesse, e lì, rannicchiato, attesi palpitante gli eventi.

Ma tutto era tornato in silenzio pel momento; quando dopo un po' l'uscio lontano si riaprì e riconobbi la voce dello zio Cesare che celiando chiamava Micio, proprio come se chiamasse il gatto.

- Vieni fuori, piccino, c'è la trippa per te.

Ma io non ero in vena di celie, non mi fidavo, avendo sentito mio padre insatanassato a quel modo; per cui stetti fermo e rannicchiato sotto il letto.

Ecco che mio padre e lo zio Cesare vennero in camera del nonno.

- Ha visto lei Micio? - domandò lo zio Cesare.

- No, non l'ho visto, perché? cosa è successo?

- È nascosto in casa, - rispose mio padre, - o è scappato fuori, non riusciamo a trovarlo. Ne ha fatta una delle sue.

- O che ha fatto?

- Ha visto che a tavola non c'era questo briccone? Bene, egli è andato a far merenda da una bambina sua coetanea, ma una bambina che è una bellezza portentosa. È passato dal muro del giardino come un gatto innamorato.

- È proprio vero che i figliuoli dei gatti prendono i topi, - disse il nonno rivolgendosi a mio padre. - Ma poi, per una sciocchezza simile, non bisogna impaurire quel povero figliuolo come avete fatto.

- Ma si fa più per scherzo che per altro! - E questo lo diceva mio padre.

- Ci premeva trovarlo, - aggiunse lo zio Cesare, per sapere se aveva o non aveva bisogno di mangiare. Abbiamo mandato Leopoldo a vedere se fosse tornato fuori per la piazza. Ma ora penso, sai, Ferdinando, dove si deve essere rimpiattato? in rimessa! deve essere di certo in scuderia.

- Dici bene, andiamo a vedere.

E, in così dire, si allontanarono, promettendo al nonno che non mi avrebbero fatto nulla di male.

Non potevo stare eternamente sotto il letto del nonno, ma non sapevo a quale partito attenermi per ricomparire nel mondo e bisognava che ci ricomparissi e al più presto possibile, sia per non fare stare in pensiero mia madre, sia per non invelenire mio padre, e farlo deviare da quei benigni sentimenti che poteva avere verso di me, e che avevo ascoltati coi miei orecchi di laggiù sotto il letto. Pensavo di rifare la strada, e sgusciare poi nel mio letto zitto zitto, lasciando andare per quella sera il desinare.

Avevo ripreso il cappello nuovo, che tutto acquattato mi era rimasto sotto le spalle; mi ero in gran prudenza rigirato per portare la testa dove avevo le gambe e stavo già per uscir fuori, quando udii mio nonno che si alzava dalla poltrona. Passeggiò un po' intorno al tavolino e poi sentii che apri la cassaforte. Dal rumore delle monete capii che le metteva nei sacchetti per riportarle dentro la cassa, quando uno scudo gli cadde in terra. Vidi questo scudo guizzare sul pavimento e poi rotolando avviarsi diritto a me e fermarsi a un dito dal mio viso.

“Ora mi trova di certo se viene a raccogliere la moneta”, pensai; e per rimediare a ciò mi venne in testa una cosa assai balorda; presi subito la moneta per mandarla a ruzzolare nel mezzo della stanza, ma la posizione scomoda m'impedì il giuoco e la moneta tornò in là cadendo per piatto come se fosse venuta dal cielo.

Il nonno, che io non vedevo, ma che di certo teneva d'occhio il letto, non potendosi piegare per non incontrare una lombaggine, vide lo scudo che, affrancato da tutte le leggi fisiche del mondo, girava per conto suo nella stanza; afferrò quindi il campanello per chiamare gente.

Corse il servo Leopoldo.

- Vedete un po', mi è caduto in terra uno scudo, raccoglietemelo. Mi è accaduta una cosa curiosa; la moneta mi era andata sotto il letto, e dopo un secondo è tornata in qua da sé, come se volasse.

Leopoldo, come tutti i servitori fedeli e affezionato, intese le cose in modo del tutto diverso. Dal portamazze sfilò un bastone e cominciò a raspare sotto il letto per tirar fuori la moneta.

- Ma no, - diceva il nonno, - non la vedete? la moneta è li, in terra accanto al tavolino.

Ma Leopoldo, con quella zucconaggine di servo fedele e affezionato, seguitò a strusciare la mazza, colpendomi nel naso, e così forte, che mi sfuggi un lamento.

- Per diavolo, c'è gente!

E allora scappai fuori tutto polveroso, col naso che mi sanguinava, e col cappello in mano tanto allattato, che pareva raccattato sopra un monte di spazzatura. - Il signorino! - esclamò Leopoldo pieno di stupore. - Mi rincresce, ma devo avergli fatto del male.

Il nonno sul principio rimase stupefatto; poi si mise a ridere, ed io pure.

- V'è poco da ridere, signorino, v'è poco da ridere!, ho dei brutti rapporti sul conto vostro. Quando siete entrato sotto il letto? Leopoldo, andate ad avvertire che il bambino è in camera mia; è tanto che lo cercano.

Il nonno voleva seguitare la paternale; ma aveva riso, e non gli riusciva più di ritrovare l'intonazione che gli abbisognava; per cui bonariamente mi disse:

- Guarda in che stato ti sei ridotto. Pare che sotto il letto Leopoldo si dia poca cura di spazzare.

Tutti corsero in camera del nonno, anche Aldo e Carlo, a cui dal ridere la bocca arrivava agli orecchi; gli zii e mio padre, mia madre, la servitù; tutti c'erano! Perfino il cuoco! Mi pareva d'essere *Gesù della canna* mostrato alle turbe; molto più che neppure il sangue mancava, e me lo stavo soffiando dal naso con la pezzuola, per la botta ricevuta dalla mazza di Leopoldo.

Ognuno mi volle dir la sua; i rimproveri non mi mancarono; il cappello spiaccicato passò da una mano all'altra, seguito da un coro di deplorazioni; né alla Teresa sfuggì lo strappo ai pantaloni. Io tacevo guardando il suolo;... ma pensavo a Filli.

Lo zio Cesare fu commosso dalla mia penosa condizione, e fece come sogliono fare i carabinieri per salvare qualcuno dalla furia popolare, che lo arrestano; mi prese con ghigno severo per un braccio, mi fece far largo, e mi portò con sé giù per la scaletta segreta, che metteva alla cucina; nel tinello mi fece approntare qualche cosa da mangiare; poi, mi accompagnò a letto dove caddi subito in letargo per lo *champagne* bevuto, e anche per il consumo nervoso sofferto da tante e così diverse emozioni.

V

La mattina, molto per tempo, venne la Teresa a svegliarmi e posandomi la colazione sul cassettone mi disse:

- Oggi bisogna che si vesta subito e faccia colazione in camera, perché alle nove parte tutta la baracca per la villa dell'Impruneta.

- Anche gli zii? Anche Nonno? Vengono in villa anche loro?

- Nonno rimane a Firenze, e così pure tutti gli zii; verranno fra qualche giorno; intanto ci avviamo noi. Ma che fa? si sbrighi, perché alle nove ci si arriva presto. Intanto prenderò i pantaloni strappati; ora li metterò da parte, li raccomoderò in villa. Ma lei è proprio birba. Come si fa a far quel che ha fatto, e mettere una famiglia in convulsioni come ieri sera? Siamo stati a cercarlo per tutta la piazza, per le strade. Mah! se ero io suo padre, che vestito di rigatino le avrei fatto!

- Che c'entri te? che t'importa?

- Cosa m'importa? Altro se m'importa! Si figuri che avevo mezza voglia di dargliene io un paio, quando era a letto...

Mi vestii come un automa; ingozzai la colazione come fosse stata una medicina; l'amaro interno mi serrava la gola; si doveva partire; non mi rimaneva tempo neppure di dire addio a Filli. Avevo presenti le sue lacrime del giorno avanti; ed ora mi toccava a partire come un maleducato, senza rivederla, senza salutarla.

"Qual pena è l'amore, e poi questo amore! - pensavo. - Almeno gli altri innamorati si scrivono, mentre noi saremo separati, e fino a novembre quando si riaprono le scuole, non ci potremo rivedere. Quella poverina avrà voglia di saltare la corda attorno casa mia! Cercherà di vedermi, ed io non ci sarò. Mi crederà ammalato, e non avrà coraggio di cercare mie nuove, e piangerà; piangerà come ieri, ed io sarò lontano e non potrò asciugarle le lacrime. Dio mio, abbiate pietà di lei".

Tornò la Teresa in questo momento, aveva già il cappello in capo.

- Via, signorino, la carrozza è pronta; è già alla porta.

Avevo il dovere di dare il buon giorno a mio padre, a mia madre ed al nonno. Andai in camera di loro; ma i miei genitori erano già scesi a salutare il nonno e prendere congedo, e ve li raggiunsi; lì seppi che mio padre sarebbe venuto la sera alla villa, e questo, a dir vero, mi fece piacere, perché per la strada temevo ritornasse sulle storie della sera avanti.

Compiuto il cerimoniale del buon giorno e del congedo, ritornai in camera mia per dare una guardata alle finestre di Filli. Erano chiuse, né ci vedevo nessuno. Ormai l'amaro calice della separazione era pronto, né si poteva evitare di portarlo alle labbra, e per abbreviarmi ogni agonia, andai a sedermi in carrozza, dove erano già la Teresa e mio fratello Aldo, e per partire non si aspettava altro se non che mia madre scendesse. In questo piccolo intervallo venne lo zio Cesare allo sportello della carrozza, fece molti scherzi a mio fratello ed a me, e poi aiutò mia madre a salire. Quando chiuse lo sportello, per burlare mi disse: - Vedi, Micio; tu vai a divertirti; mentre al povero zio tocca rimanere a Firenze a fare le cose di scuola.

La carrozza si mosse, ed io allungavo il collo per guardare la piazza, nella insulsa speranza di vedere Filli. Quando si voltò in via Sant'Apollonia e che la piazza si andava perdendo di vista, mi sentii un groppo alla gola, la bocca mi si storse in un garbaccio, e cominciai a piangere a dirotto.

Mia madre sorpresa mi domandò:

- Che c'è ora da piangere?

- Mi rincresce che lo zio non venga a divertirsi con noi, - le risposi fra un singhiozzo e l'altro; e ricominciai un pianto convulso che mi strozzava.

- Già, già, ho inteso, è lo zio!? Vien qui, viemmi accanto, poggia la testa su me e dammi la mano; non pensare a nulla. Con cotesto carattere avrai, poverino, a passare le tue nel mondo!

Si crederà che io abbia trascorsa la villeggiatura in malinconia e in cupi pensieri. Mentirei se dicessi questo.

Pensavo a Filli, questo è vero; ci pensavo sempre, mi doleva di non avere sue nuove; ma mi ero adattato e mi andavo consolando nel considerare come il tempo passi presto, e come il tre di novembre saremmo tornati a Firenze, dovendo verso quel torno di tempo essere a scuola, almeno secondo quanto aveva detto mio padre. Frattanto saltavo e scavallavo pei boschi e pei prati.

Ogni tanto praticavo un cerimoniale occulto dedicato al mio amore. Mia madre, per andare a dipingere, aveva fatto portare nel punto più ombroso un masso giù per il viale che conduce alla villa; i contadini nostri, anche ora che la povera madre mia è morta, chiamano questo masso *il siedere della padrona.* Su quel masso, a furia di fiorellini colti nei prati, scrivevo in maiuscolo: *Filli ah!*

Quell'*ah!* figurava un sospiro. Nell'insieme non era una grande espressione poetica; si poteva far di meglio, ma a me bastava; stavo un pezzo a considerare il mio lavoro floreale, poi con una mano scancellavo tutto, e me ne andavo col cuore in pena.

Qualche volta mi arrampicavo sopra un monte lì presso, dal quale si scorge Firenze, ed orientandomi colla cupola del Duomo che vedevo, arrivavo a raccapezzare dove poteva presso a poco rimanere la via di Barbano, e, più preciso che potessi, mandavo baci in quella direzione, perché il vento li portasse a Filli.

Gli altri anni, quando si chiudeva la villeggiatura, era sempre un giorno di sgomento per noi ragazzi. Sorgeva subito dinanzi inesorabile lo spettro della scuola, e ci si profilavano le angustie della città, nella quale l'aria, la luce e la libertà ci venivano ripartite a misura molto contata e limitata.

Quasi sempre l'esodo verso Firenze per la chiusura della villeggiatura era il giorno dei Morti. Di solito si aveva una giornata rigida e piovigginosa, e le strade piene di fango; veniva attaccata una carrozza scomoda, antipatica, che il cocchiere chiamava la *vitraggine,* perché era un legno aperto con una copertura a vetri posticcia; il rintronio dei vetri assordava, e tanto, che dentro non ci si intendeva a discorrere, specialmente quando la carrozza passava sull'inghiarato della via.

Si partiva di villa come un gran carico di malinconia, coll'ineffabile sconforto che dà la vista di un trasporto funebre con un carro di terza classe.

Quando si arrivava alla Porta Romana il batter di mazza dei magnani ci rintronava le orecchie disusate ai forti rumori; un odore di castagne arrostite si spandeva nell'aria, e il lamentoso grido del venditore di stoie e quello degli spazzacamini, che s'incontravano per le vie della città, facevano piombare l'animo in un mare di tristezza, tetro ed ampio, quanto il pensiero della morte.

Quella volta, per quanto il tempo fosse perfido, e la *vitraggine* noiosa come al solito, nella gita di ritorno in città l'animo mio esultava. Il pensiero di Filli era assorbente; rigettava lontano la importuna reminiscenza della scuola, e quasi ridevo del muso acerbo che facevano Aldo e Carlo, per i quali il dolore del ritorno in città non aveva compenso, come lo aveva per me.

Appena scesi a casa nostra, siamo andati a fare i convenevoli al nonno e a salutare gli zii, che erano tornati già da due giorni in Firenze; ma io, come prima mi fu possibile, corsi in camera mia, aprii la finestra, cercando di far sapere a Filli che ero tornato, e per tentare di vederla.

Le persiane di Filli erano aperte, ma con le finestre chiuse. Vedevo la stessa tenda della stanza dalla vetrata lunga, tutto come era prima; ma Filli non si vedeva. Imprecai alla cattiva stagione, perché se il tempo non fosse stato cosi cattivo l'avrei di certo prima o poi scorta, ed essa avrebbe dovuto accorgersi che ero tornato.

Le scuole si aprivano dopo San Martino; perciò avevo ancora davanti a me dei giorni, prima che mi venisse meno il tempo per cercarla; ma io ero impaziente, e qualche momento mi sentivo spinto, se non mi fosse rimasto presente il finimondo dell'altra volta, a rifare la via degli alberi e dei giardini, per andare a battere a quella inesorabile finestra, che non si apriva, per quanto pietosamente la mirassi.

Studia, progetta, combina fra me stesso per potermi riavvicinare a Filli, una mattina, finalmente, con la scusa di portar fuori un cane da caccia, comprato in quei giorni dallo zio Cesare, potei uscire, e, non importa dirlo, andai subito a dare una passata sotto le finestre di Filli. Anche da quella parte tutto come prima; ma né Filli, né Giacomo, né sua madre, né suo padre, si facevano vivi. Mentre stavo lì melenso a guardare porta e finestra, uscì la loro donna di servizio. Mi si allargò il cuore.

Mi salutò, ed io mi feci ardito di fermarla per domandarle:

- I vostri padroni stanno bene?

- Stanno bene; ma io non sto più con loro; sono rimasta colla nuova affittuaria del quartiere ammobiliato, che è una vecchia signora inglese; loro fino dal primo del mese sono andati a stabilirsi a Prato.

Bumh!!! Un'archibugiata carica a veccioni, che tirata dappresso investisse in pieno un miserello scricciolo saltellante nella macchia, avrebbe fatto meno strazio del suo corpo di quello, che fece dell'anima mia la inaspettata notizia.

La capinera, che trovi il suo nido disertato dalla serpe; una madre, che d'un subito si veda spirare la sua creatura sana e vegeta fra le braccia, possono aver provato quanto provai io in quel momento. Sentivo come un artiglio di ferro, che nel petto cercasse di strapparmi i visceri.

Corsi via come pazzo, andai a rimpiattarmi nel luogo più appartato di tutta la casa mia... e piansi; piansi tanto!

VI

Da quel giorno non vidi più Filli, né seppi nuova di lei. Solamente qualche anno dopo, non ricordo da chi, mi fu detto che era stata sposa di un ufficiale di cavalleria.

Mezzo secolo, e più, è passato; una selva di anni si è messa di mezzo fra quei giorni d'amore e di dolore, e l'oggi; ma l'immagine di Filli, chiara, colorita e fulgente, è sempre viva nella mia memoria e nel mio cuore.

Ho vissuto anch'io; sul lungo cammino della mia vita ho incontrato delle donne; ma il giuoco dell'amore non era più quello; era cosa tutt'affatto diversa, e troppo più meschina. Era la prosa rude. L'eterna poesia, la pura fiamma, l'innocente affetto, il sublime della tenerezza dell'anima mia si erano ormai precocemente consumati sull'altare di Filli.

Se gli auguri, che ho sempre fatti per lei, furono esauditi, essa deve essere stata la più fortunata, la più felice fra le donne.

Non so se si sarà ricordata di me. Molto facilmente può essere di no; ma questo non toglierebbe, né scemerebbe mai la religione mia per la sua memoria.